CW00712686

ÁLVARO CUNQUEIRO

Nació en 1911 en Mondoñedo (Lugo). Fue uno de los escritores más grandes del siglo XX, tanto por sus obras en castellano como en gallego. Durante muchos años dirigió el periódico *Faro de Vigo* y colaboró, con artículos de toda índole, en varias revistas españolas. A su muerte, acaecida en 1981 en Vigo, dejó tras de sí novelas inolvidables como *Las crónicas del Sochantre* (Premio Nacional de la Crítica en 1959), *Merlín y familia*, *Cuando el viejo Simbad vuelva a las islas*, *Las mocedades de Ulises* o *Un hombre que se parecía a Orestes* (Premio Nadal en 1968), y libros de gastronomía, entre ellos ***La cocina cristiana de Occidente*** (Los 5 Sentidos 11). Cunqueiro escribió también una infinidad de crónicas sobre todo aquello con lo que alimentaba cada día su insaciable curiosidad, y que **Tusquets Editores** ha editado, agrupándolas por temas, con los títulos de ***Fábulas y leyendas de la mar*** (Marginales 74 y Fábula 97), ***Tesoros y otras magias***, ***Viajes imaginarios y reales***, ***Los otros caminos***, ***La bella del dragón*** y ***Papeles que fueron vidas*** (Marginales 80, 91, 101, 116 y 133), además de ***El pasajero en Galicia*** (Marginales 105 y Fábula 196).

Libros de Álvaro Cunqueiro en Tusquets Editores

MARGINALES

Fábulas y leyendas de la mar

Tesoros y otras magias

Viajes imaginarios y reales

Los otros caminos

El pasajero en Galicia

La bella del dragón

Papeles que fueron vidas

LOS 5 SENTIDOS

La cocina cristiana de Occidente

FÁBULA

Fábulas y leyendas de la mar

El pasajero enGalicia

Álvaro Cunqueiro

Fábulas y leyendas de la mar

Prólogo y edición a cargo de Néstor Luján

1.ª edición en colección Marginales: diciembre 1982
1.ª edición en Fábula: julio 1998
2.ª edición en Fábula: mayo 2003

Gran parte de los artículos aquí reunidos provienen de las revistas *La Hoja del Mar* y *Sábado Gráfico,* y otra parte nos ha sido amablemente cedida para esta edición por César Cunqueiro, hijo del autor

Diseño de la colección: Pierluigi Cerri

Ilustración de la cubierta: detalle de *Galeón sur la côte d'Espagne,* de Paul-Jean Clays, óleo sobre tela, 30 x 42 cm, colección privada.

Tusquets Editores, S.A. - Cesare Cantù, 8 - 08023 Barcelona
www.tusquets-editores.es

ISBN: 84-8310-594-2
Depósito legal: B. 20.207-2003

Impresión y encuadernación: GRAFOS, S.A. Arte sobre papel
Sector C, Calle D, n.º 36, Zona Franca - 08040 Barcelona
Impreso en España

Indice

Prólogo

Publicamos, en este libro inédito de Alvaro Cunqueiro, un conjunto de artículos sobre el mar aparecidos en su mayoría en la revista mensual «La Hoja del Mar» y que se refieren a todo el mundo de los mares, tan especial y fascinador para él, de ese gran violento que es el Océano, de sus geografías y sus animales míticos, de sus leyendas y aventuras. A estos artículos se han añadido un corto número de colaboraciones en la revista «Sábado Gráfico», que fue la postrera y más asidua presencia periodística en los últimos años de su vida. De hecho, cuando murió, aún se publicó en ella un artículo póstumo, que era su puntual colaboración semanal. Me han encargado a mí, que recortaba fielmente todos los artículos de mi admirado amigo, el placer de reunir estas colaboraciones aparentemente incoherentes, pero que conforman un libro cuya unidad reside en la fascinación del mar, pletórico como es de tantos y tantos misterios, de zoologías quiméricas, de increíbles geografías submarinas, de temerosas historias y trágicas leyendas sin fin, tan capaces de desarmar la incredulidad, como decía el poeta inglés Samuel T. Coleridge, y de alimentar inagotablemente la fértil imaginación de Cunqueiro.

Alvaro Cunqueiro, nacido en Mondoñedo, provincia de Lugo, hombre de tierra adentro, ciudadano libre y piadoso de una población episcopal antigua y venerable, rodeada de solemnes bosques y valles, sintió siempre la atracción, remota e imperativa, del mar y acabó viviendo en Vigo, bullicioso puerto pescador y muelle cosmopolita de navegación atlántica. De hecho, el mar ocupa en la obra de Alvaro Cunqueiro un lugar excepcional: su primer libro de poemas, Mar do norde, *y dos novelas suyas tienen el mar como fondo,* Las mocedades de Ulises *y* Cuando el viejo Simbad vuelve a las islas. *La primera, una novela de iniciación de la gran y esbelta aventura en el gran secreto del océano. La otra, la más patética quizá de Alvaro Cunqueiro, la nostalgia del mar y la frustración crepuscular del piloto Simbad, el héroe de los viajes de las* Mil y una noches. *Cunqueiro le presenta viejo, apoplético y fatigado, lleno de imaginaciones que no se realizarán.*

Alvaro Cunqueiro (1911-1981) fue un escritor completo en dos lenguas, gallego y castellano, de las que conocía profundamente el léxico, el secreto eficaz y feliz de los múltiples resortes sintácticos, la retórica legítima de la metáfora y la elegancia armoniosa de los conceptos. Pocos como él han manejado tan diestramente el adjetivo, supremo estímulo de la belleza literaria, lujosa dilapidación de la poesía. Gran poeta en lengua gallega, alcanzó un sentido trágico entre solemne, desnudo y bárbaro, en su obra mayor de arte dramático, la tragedia Hamlet, *escrita en un gallego escalofriante y añejo, delicadamente bárbaro, a base de las crónicas de Snurri Sturloson, el feudal y desmesurado poeta islandés del siglo XIII, que Cunqueiro tenía por tan gran creador como el propio Shakespeare.*

Novelista de invenciones y fábulas inagotables, llenas de erudiciones aprendidas y de intuiciones cer-

teras, Alvaro ha sido el primero de nuestros grandes fabuladores y puede colocarse al lado de sus admirados Lord Dunsany, Jorge Luis Borges, Italo Calvino, el catalán Joan Perucho y otros maestros en el arte de soñar la realidad. Sus novelas, Merlín y familia, Las crónicas del sochantre *—que ganó el Premio Nacional de la Crítica en 1959—,* Cuando el viejo Simbad volviera a las islas, Las mocedades de Ulises, Un hombre que se parecía a Orestes *—que obtuvo en clamorosa unanimidad el Premio Nadal de 1968—,* La vida y las fugas de Fanto Fantini, *son novelas antológicas, escritas algunas de ellas en gallego primero y traducidas más tarde por el propio Cunqueiro al castellano.*

Al lado de ello, está su obra de periodista. Lo fue cumplidamente en todas sus dimensiones. Desde director de «El Faro de Vigo» hasta redactor anónimo de increíbles, sutiles, sorprendentes epígrafes de fotografías. Como articulista, se enfrentó con todo género de nuevas reales e imaginarias. Artículos en que la trágica actualidad se convertía en sobrecogedora advertencia, como el que redactó para «El Faro de Vigo» en la noche aciaga en que asesinaron al Presidente Kennedy, texto que bien podría ser, para siempre, un ejemplo clásico sobre la inutilidad de los magnicidios. O bien artículos sobre las cosas menores que se iluminaban con sus alusiones; estos artículos respondían a su gusto de fabular, de convertir el artículo en un microcosmos de novela en ocasiones: como decía él muy bien, había en ellos la curiosidad por las hadas y por los demonios, por los elfos y por los gnomos, por los perros que hablan y los caballos que disertan, por los héroes rebeldes y arrebatados de Irlanda, por los gentilhombres de Francia y los estrambóticos matemáticos del

Renacimiento italiano; por los sabios catadores de los manantiales chinos, por el vino y la cocina, por los espías venecianos y, sobremanera, por las hermosas señoras, desde «Berthe au gran pied», madre del imperante Carlomagno, a Cléo de Merode o a Marilyn Monroe, de tan frágil y amada memoria. Le gustaba pegar el brinco imaginativo en sus erudiciones pasmosas y, si no inventaba tanto como lo hiciera fray Antonio de Guevara —alegre y soberano mentiroso, del mentir por el placer de mentir bello—, obispo que fue de Mondoñedo, sabía encerrar las más inverosímiles creaciones en el enigma dorado de su estilo.

Está luego el Cunqueiro gastronómico, que se dispersa en centenares de artículos y que se concreta en tres libros fundamentales: La cocina cristiana de Occidente,* El teatro venatorio y coquinario gallego, *que luego publicó bajo otro título, el* Viaje por los montes y chimeneas de Galicia, *que escribiera en colaboración con José María Castroviejo, y* A cociña galega, *irreprochable manual de esta cocina. Como escritor gastronómico, unía Alvaro a su insondable erudición el prodigioso y abigarrado tapiz de sus conocimientos y, además, unos dones irrefutables de paladar, de olfato y de memoria. Creó un nuevo lenguaje gastronómico que todos hemos imitado, y yo me confieso el primero, pues siempre anduve fascinado por la misteriosa precisión con que adjetivaba un plato, un aroma, una salsa, el simple vaho nutricio, casi animal, de la cochura del pan. Podemos decir que ha renovado el léxico y ha creado esta literatura gastronómica que, con mejor o peor for-*

* Publicado en la colección «Los 5 sentidos» de Tusquets Editores, Barcelona, abril 1981. (N. del E.)

tuna, vamos escribiendo en esta segunda mitad del siglo veinte.

Así, pues, sus preocupaciones son antiguas y eternas, serena y dura su palabra, casi sagradas, de tan literarias, sus bizarras fabulaciones, que jamás fatigaron, ni en su prosa ni en su voz, pues fue un admirable narrador. El decía a menudo: «¿No tiene pena de la vida quien, en la larga noche, no sepa decirse un cuento?». Para él, la verosimilitud de la imaginación era un axioma. Creía en aquel refrán provenzal que dice que las canciones antiguas nunca mienten. Eran naturales y vividas las doscientas ciudades sumergidas, ahogadas en los mares, en las rías y en las lagunas de los mundos celtas; era ciudadano predilecto de ellas. O el discurso del caballo Lyofante ante el senado de la Serenísima República de Venecia, o el jovial y estremecedor carruaje de los muertos corriendo, estrepitoso, por las nieblas y los bosques de la Bretaña rebelde de los años de la revolución.

Con sus invenciones pretendía dar un rostro más complejo del mundo, hacer más vivaz y a la vez expresar su sorpresa ante la fauna y la flora mundanal, ante el hombre, «el animal más extraño», que adopta distintos rostros pero es siempre igual a sí mismo, ante los grandes y los pequeños trabajos humanos, que componen el rompecabezas de la historia. Y, sobre todo, como él decía, pretendía mantener el respeto y la rendida lealtad a las verdaderas riquezas; el pan, el pensamiento libre, el vino, los sueños y el derecho a la limosna y al trabajo...

Sólo nos resta hablar de estos temas del mar. Son, para Alvaro Cunqueiro, profundísimos, de una fertilidad en sus años de madurez. He leído mucho, casi todo, lo que escribió sobre el mar, pero le he oído hablar de él también muchísimo. En Agrigento, ante la insolente claridad del Mediterráneo. En Elsinor, ante el mar plomizo de Hamlet, con la costa sueca al fondo, velada por la neblina, cuando se sentía defraudado porque, en el nuevo castillo barroco, no había almenas; sólo le consolaron los viejos cuervos agoreros y alborotadores y el hecho de que hubiera diseñado la fortaleza Tycho Brahe, el gran astrónomo. O en el dulce mar de Provenza, cerca de la Camarga, o en el mar rompedor y levantado de su Finisterre natal. Siempre se sintió muy preocupado por el cosmos infinito submarino y, sobre todo, por los peces. Habíamos hablado muchísimo de la Historia natural de los peces *de Cuvier, que es la obra científica quizá más admirada por los ictiólogos, tan densa, tan misteriosa en su cientifismo, tan llena de formas sorprendentes de vida como el propio mar. Pero también le agradaban aquellos dos antiguos volúmenes de la* Historia natural *de Micer Ulises Aldrovandi, sabio de Bolonia, publicados en tamaño infolio. (Ulises Aldrovandi fue un célebre naturalista que se arruinó encargando a dibujantes y pintores los grabados para los trece volúmenes apasionantes que componen su* Historia natural, *que publicó entre 1599 y 1608. Murió Aldrovandi prácticamente en la miseria, después de ofrecer a la posteridad un cálido texto latino, lleno de fabulosas y memorables invenciones, escrito con lentitud ceremoniosa y grave, pues, sobre todo en lo que atañe a los peces, la imaginación del boloñés era realmente desaforada.) A Alvaro Cunqueiro le embelesaban estos caligráficos y monstruosos grabados zoológicos del siglo XVI y XVII. Como le admiraban los textos del obispo de Upsala, el portentoso Olaos Magno o los del arzobispo finlandés Potoppidan, fabulosos cronistas hiperbóreos, o la antigua* Navigatio Brandani, *crónica irlandesa del XII, o las viejas historias de Plinio el Viejo, tan llenas de estupendas noticias. O cuanto tocara a las navegaciones mágicas de los ingenuos pilotos árabes, de piel arrugada como orejones de albaricoque, que estudia el libro de George Fadlo Hocerani, editado en Princeton en 1951, moderno y riguroso clásico de estas investigaciones. Tenía como lecturas predilectas, entre tantas curiosidades suyas, las obras recientes sobre la Atlántida, sobre las leyendas marineras, sobre los barcos veleros fantasmales, desarbolados y perdidos, sobre los obispos fabulosos de Bretaña quienes, con sus diócesis dispersas en el fondo del mar, pastoreaban una voluptuosa feligresía de sirenas. Ante los abismos del mar, la capacidad de creación de Alvaro Cunqueiro era infinita, siempre renovada. Le complacía crear geografías que en nada coincidían con los textos e inventar los mapas rigurosos. Su mundo se ancheaba —por decirlo con sus palabras— enormemente, la imaginación podía añadir algunas cosas fulgurantes, preciosas, a miles y miles de sucesos y misterios que se conocían. Como le tocó vivir un siglo tan áspero para un hombre de tan adorables imaginaciones, quiso poner a salvo, en toda su obra, y lo hace en estos breves trabajos, infinidad de tesoros de la memoria consciente e inconsciente de los pueblos y de tantas vastas culturas que han vivido a orillas del mar o que lo han soñado. Y aun quiso añadir algo de su parte cuando los viejos, venerables y asombrosos textos no le colmaban.*

Leyendo a Alvaro Cunqueiro, en la fantasía libre y desatada de estos artículos, se comprende que se sintiera obligado a contar cuanto imaginaba, que en toda su obra quisiera conservar la incitación que es, para el hombre, un mundo que tiene muchos significados, infinidad de enigmas enriquecedores, muchedumbre de noticias prodigiosas. Y se agradece profundamente que quisiera perpetuar todo ello con espléndida eficacia, «como quien, en cabaña de monte nevado, conserva el tesoro del fuego».

Néstor Luján
Barcelona, agosto-septiembre de 1982

Mitos, geografías, dioses y demonios, con noticias concretas de los reinos sumergidos

Relaciones marítimas

El mar es mucho más complejo, en su realidad y en su fantasía, que todo lo que podamos imaginar desde tierra firme. Va para ocho meses que no veo el mar, y esto me tiene un poco desazonado. Sueño con el mar, con sus olas que vienen hacia la tierra bravas o mansas, y con el dilatado horizonte marino... Un amigo que vive en una colina que vigila la muerte de un dulce y breve río en el verde mar me escribe una extensa carta. La posdata dice así: «Ayer subió el primer salmón. Lo dejé entrar». Como un portero mayor de los ríos, mi amigo ha permitido al plateado salmón que remonte la corriente verdinegra del Masma y se pose en un recanto a desovar, quieto y aburrido, hasta que llegue la hora de emprender el viaje de regreso al fondo submarino...

Los viajes del salmón están muy estudiados. Su memoria, una memoria secular, lo trae y lo lleva siempre por los mismos caminos. El salmón se sabe la antigua geografía, la geografía de los días de la Creación, cuando el Támesis era afluente del Rin y el Avon del Loira, o, en otro lenguaje, cuando Gog y Magog eran vasallos de Sigfrido, y Shakespeare y Peguy cantaban el mismo verso... El salmón no abandona nunca el cauce sumergido de los antiguos grandes ríos los fosos de las foces hundidas.

Donde la diestra de Dios lo depositó, perpetuamente navega. De buscar un pez para símbolo de la fidelidad, en vez del delfín de los antiguos llevaría yo a la heráldica el argento del salmón sobre azur. Eso es.

«Ayer subió el primer salmón.» Cuando la disputa por los bosques sumergidos de Arnival, los ingleses —los obispos ingleses; las grandes disputas son aquéllas en que intervienen los obispos— anillaron un salmón, que no subió al año siguiente por el Támesis: se fue a Ruán. Tenía el arzobispo irlandés de Armagh un diezmo de salmones y se lo discutieron varios feudales del Donegal; pero el obispo logró que, alrededor de su báculo, se agruparan todos lo salmones de Irlanda, huyendo de las espadas de los caballeros. El salmón, pues, puede servir de argumento jurídico, y es probable que en Bolonia, donde los canonistas contaban las cerdas del rabo del caballo blanco del Emperador, hayan estudiado estas historias de salmones con pelos y señales; digo, con escamas y señales.

¡Si pudiera seguir yo el viaje submarino de los salmones que bajan por el Masma! ¿Adónde va a morir el río que me vio nacer? Los de Ribadeo dirán que al Eo, que es, hasta que llega al mar, un río de agua mineral. Yo lo niego. Quizá derive hacia el Oeste en busca del Landro, el río de Pastor Díaz,

Donde la lira de Albión
hallé perdida.

Esto me gustaría. Son dos ríos gemelos, mansos y verdes bajo la cabellera despeinada de los sauces llorones. Ambos han oído poetas y visto milagros. Yo los amo.

Quisiera estar asomado al mar desde un alto cantil, viéndole ir y venir, cantar sordo o bruir terrible. Quisiera ver un velero; un tres palos, cruzar, viento en popa. Quisiera oír la arena cantar bajo mis pies. No se debe, no, estar ocho meses sin ver el mar. Ya sé que hay muchos españoles que no lo han visto nunca, y esto me entristece. Debía haber billetes de ferrocarril gratis para ir a ver el mar, los puertos, los barcos. España tiene tres mares hermosos y los españoles deben conocerlos. Sobre todo, los niños. Yo, de rapaz, como ahora de hombre, tenía media imaginación llena de relaciones marineras. Y sabía tantas historias del mar como de la tierra. No hay más hermosos caminos que los del mar, que los caminos que saben los salmones y las goletas de antaño y que éstos de los grandes transatlánticos de hogaño. Dan estos caminos poder, riqueza, fantasía.

Otra vez el mar

Tras unas semanas de enfermedad y de pereza, heme aquí otra vez en la nativa costa. Unos queridos amigos me han llevado a ver el mar, que saben que a mí me gusta en otoño, cuando son los temporales del Oeste y cubren el océano grandes nubes oscuras. Hoy las olas golpeaban solemnes contra el acantilado de Oya y estaba en el aire una inquieta tertulia de gaviotas. Ahora, en noviembre, es el mar del regreso. El griego sabía que, cuando las Pléyades salen vespertinas, es la ocasión de amarrar.

Yo he descubierto que fue el mismo santo, San Ulises, quien descubrió a la vez el remo y el deseo de volver al hogar. De este deseo se aprovechaban las sirenas. Contra lo que pueda suponerse, las sirenas dejan oír su voz en otoño con más frecuencia que en la primavera, aunque la enamorada del conde Olinos creyera escucharla, la sirenica del mar, en la mañanita de San Juan. La sirena está atenta al hombre que regresa al hogar, en otoño, que viene cargado de nostalgias, de *saudade,* diríamos los gallegos. *Saudade,* palabra nada fácil, en la que parecen haber confluido *solitudo, salus* y *suavitas.* No se sabe. La sirena espera al hombre y le dice canciones que aviven más sus *saudades,* el apetito de retorno, el deseo de sentarse al amor del fuego en su propia casa, y la sirena ofrece, al parecer, atajos camineros para que el viajero esté cuanto antes en ella. Y lo pierde así, y se lo lleva a sus estancias submarinas, donde se dice que solamente uno de cada mil se salva, y no siempre, estando allá abajo entre torneos y placeres.

Joan Perucho hablaba una vez de un libro lleno de ciencia, en el que discutía si las sirenas eran fruto de la primavera o del otoño, si aves o, con media cola asalmonada, mujeres de hermoso y levantado pecho. La ciencia moderna se ha detenido negativamente delante de estos asuntos. Hoy, soleado mediodía, mar sosegado, leve brisa de Poniente, parecía ocasión propicia para que me cantasen a mí, que ahora regreso.

Las olas fingen una tempestad en las rocas, alzando espuma y asustando a las gaviotas. En la línea de la marea están los percebes, en piñas, con sus cascos, guerreros de un ejército submarino, dispuestos a avanzar sobre la costa. Era el fruto de mar que yo apetecía; el percebe destila el mar para ti. Ahora, apenas si se recoge en las costas gallegas, en las rocas del mar de los ártabros y en Finisterre. Es el marisco más escaso y más caro. A lo largo de los tiempos, su captura ha costado muchas vidas humanas.

Hay una mitología del percebe cuya faceta más sorprendente es inglesa: los ingleses creían, Shakespeare incluido, que de su uña nacía un ganso, el barnacle, cuya carne tenía ciertas virtudes, especialmente en el terreno de lo erótico. También al percebe se le atribuyen. Era aficionado a él, quizá por estas mismas razones, Enrique el Bearnés, Rey de Francia. Yo pertenezco a la Cofradie de l'Operne, Cofradía del Percebe, fundada por él y que tiene asiento en Biarritz. Me mandaron un hermoso collar, que remata en una concha de vieira en la que yace la uña del percebe. Esto me da derecho a usar un solideo rojo y negro, que son los colores de la cofradía. Yo me lo merezco, porque nací al día siguiente de haber comido mi madre una gran fuente de percebes. Por sus frutos los conoceréis.

Recorremos toda la ribera de la ría de Vigo. Ya estamos ante la pequeña isla de San Simón, separada de tierra por un estrecho brazo de mar, mínimo ahora con la marea baja. Toda la ensenada de Cesantes está llena de mariscadores, ya a pie, en los arenales bajos, ya en pequeñas gamelas. Aquí, en San Simón, fue fingida la tempestad más hermosa de la lírica medieval. Un juglar, del que sólo sabemos que se llamaba Mendiño, imaginó a su amiga esperándolo junto a la ermita de San Simón. Él juglar no llegaba, y se levantaba horrible tempestad. Una tempestad imposible allí, en el fondo de saco de la ría y en aquellas aguas bajas. Pero la tempestad se levantó, y la hermosa, aterrorizada con el viento y las olas, se quejaba en unos versos incomparables, que les traduzco:

> Me cercaron las olas grandes del mar,
> y no tengo barquero ni sé remar,
> esperando a mi amigo.
> Me cercaron las olas del mar mayor,
> y no tengo barquero ni remador,
> esperando a mi amigo.

Y, ya en su desesperación, se dice que morirá fermosa en las olas del mar, esperando a su amigo... Aunque mi régimen alimenticio, oprobioso, no me lo permite, me traen del arenal próximo un par de berberechos, que yo mismo abro uno contra otro, y me los como así, crudos del mar. Mi paladar reconoce la carne tersa y perfumada... Regreso a casa como el que ha hecho un largo viaje. «*¡Dichoso aquel que, como Ulises, ha hecho un largo viaje y regresa a su casa en lo mejor de su edad!*», comienza Du Bellay uno de los más bellos sonetos del mundo, en los que prefiere a todo la tierra natal, la dulzura angevina, la pizarra fina al mármol palatino. ¡La dulzura angevina! Siempre la tierra y el mar nativos, en otoño, serán para el hombre la dulzura angevina, melancólica.

La vecindad del océano

Los gallegos estábamos tan tranquilos en vecindad y amistad con el océano, recogiendo en él cosechas de los tiempos más antiguos, y probablemente no supimos que estas oscuras rocas eran el Finisterre, el final de la tierra conocida, hasta que llegó el legionario latino con su pesado paso —dicen que lo imitaba muy bien un torero madrileño, Vicente Pastor, al que llamaron «el soldado romano»— y vio, «con religioso terror», hundirse el sol en el mar, allá donde los abismos del Tenebroso se poblaban de enormes bestias. El habitante, remoto antepasado, fabricó naves, inventó en su día la ligera dorna y, si hubiese sabido aquello que dijo el griego del océano «fertil en peces», lo hubiera podido comprobar cada día con la merluza *do pincho,* el rodaballo y el sardina. También era mariscador, y ahí están los *cocheiros,* los montes de conchas de todos los frutos de la mar que comió el gallego prehistórico y protohistórico. Fue un tipo valeroso, que se atrevió a ver si lo que tenía dentro la centolla era comestible. Y lo era. Y tuvo paciencia para la nécora. Un heleno, Aristón de Chíos, dijo, tres o cuatro siglos antes de Cristo, que el estudiante de lógica, de dialéctica, se parecía al comedor de cangrejos, que para llevar un poco de carne a la boca tiene que hacer un gran montón de cáscaras. Las rías daban todas las nécoras apetecidas y, absorto en aprovecharlas, el gallego no se dedicó a razonar ni aun a estudiar la nécora. En esto el gallego se parece un poco al chino. El recientemente fallecido Lin Yutang, dice que nunca la zoología y la botánica han adelantado mucho en China, porque lo primero que hace el chino ante un animal desconocido o una planta insólita es averiguar si animal o planta son comestibles. Así el gallego, dejando de lado los estudios de Aristóteles y los temores al *kraken* del hombre del Norte, que se prolongan hasta Julio Verne, ha hecho del pulpo uno de sus manjares favoritos. (Estos días anduvo por aquí un profesor de español en Tejas, oriundo de Kansas y con una abuela india cherokee, quien, al ver a una *pulpeira* sacar con un gancho un gran pulpo de la caldera en la que lo había cocido, se echó hacia atrás, asustado del bicho, como si acabase de aparecer ante sus ojos el terrible *kraken* devorador de buques, descrito por el obispo Pontoppidan en el siglo XV.)

Digo que estábamos tranquilos aquí en esta esquina de Europa, en buenas relaciones con el océano y, eso sí, pagando anuales tributos de humanos a la que Yeats llamó en un famoso verso «la asesina inocencia del mar». Nuestro don Ramón Otero Pedrayo ha dedicado páginas admirables a describir la que él llamaba «la sinfonía atlántica», ese misterioso orden vital en el que se suman la ola marina, el granito y ciertos apetitos del alma gallega, que quizás en gran parte se resuman en la palabra *saudade*. Ese gigantesco animal que llaman el océano respira dos veces al día, y el gallego desde su roca lo contempla, viendo, como en Swindurne, los pies del viento brillar a lo largo del mar. El gallego antiguo, que vio tantas ballenas costeando, nunca supo que existiera Leviatán, y, por tanto, no tuvo miedo de que con el viento del Oeste viniese el hedor de la gran bestia, creada por Dios antes de la creación —o en el quinto día de ésta; hay opiniones entre rabinos de Israel—, y con una gran marea apareciese sobre nuestra ribera su baba oscura y espesa. El mar era la claridad, la brisa vivificante, la despensa, la libertad y la aventura, y en días dolorosos, el camino de la emigración ultramarina, con el «*negreiro vapor*» de Curros. El mar próximo lo conocía el gallego —y lo conoce— mejor que su tierra de valles, colinas y montes. Recientemente ha sido publicado un libro de hidrotopónimos de la ría de Arosa, y el lector queda boquiabierto ante la precisión y minuciosidad, la certera mirada y la fantasía denominadora con la que el gallego ha titulado toda punta, cala, piedra. También una prueba de la antigüedad de su amistad con el mar. Todo lo peligroso que quieran, pero tajo cotidiano. Y además, limpio. El gallego lo ha dicho en un cantar:

Non te cases cun ferreiro,
que é mui malo de lavare.
Cásate cun mariñeiro,
que ven lavado do mare! [1]

¡Lavado del mar! Pero viene el «Monte Urquiola», se rasca contra un bajo a la entrada de La Coruña, y todo lo que el gallego dejó de soñar de las babas de Leviatán ahora está ahí, ensuciando el mar de los ártabros, destruyendo la población marina y ba-

1. No te cases con un herrero, / que es muy malo de lavar. / Cáste con un marinero, / que viene lavado del mar.

tiendo contra las rocas y llenando de «pichi» los arenales. Y ya pueden las notas oficiales y oficiosas decir lo que quieran, que la verdad es que la pobre Galicia está sufriendo, en una parte de su mar, una gran catástrofe sin precedentes. Se lo decía hace muy pocos días a las gentes del mar: ahora deben saber que hay un monstruo, una enorme bestia imprevisible, que se llama el petrolero, que viaja constantemente hacia nuestras costas, y que hay que exigir que, desde que aparece ante ellas, sea dominado como Dios dominaba a Leviatán. (En *Los mitos de los hebreos* de Graves, Dios ataca al insolente Leviatán a patadas. ¡Si era necesario!) No se puede dejar entrar en una bahía gallega a un petrolero de cien mil toneladas como él quiera, sino como queramos nosotros, bien escoltado a babor y estribor, a hora de marea, y que vomite, como el perro del Gran Turco, en el pozo que le está destinado. Ahora padece Galicia la irresponsabilidad de la bestia petrolera. Y durante largo tiempo el mar que lavaba al gallego, las olas y la espuma, no existirá. Y no existirán los peces ni el marisco. ¿Y de dónde saldrá el pan nuestro de cada día?

La afición al terror

No me refiero al terrorismo cotidiano, al exaltado de la bomba o al violento del «coctel Molotof» o la metralleta, etcétera. En fin, al que anda haciendo política —si es que a eso se le puede llamar política— con dinamita y pistolas calientes. (Esto era de un mexicano, del que contaba su compatriota Martín Luis Guzmán, que decía, cuando amistosamente se le reconvenía por un manojito de muertos, que no era él quien propiamente tiraba, que era que había comprado un revólver de segunda mano, que le había salido caliente.) A lo que me refiero, en primer lugar, es a esas películas de terror que han dado en hacer los americanos. Primero la película del tiburón que viene con la marea a tragarse unos cuantos bañistas en la hasta entonces pacífica playa, y ahora la del pulpo gigante, el *kraken,* después de haberle dado un repaso a la enorme criatura llamada King Kong, animal al fin y a la postre dulcificable por la belleza femenina. Parece ser que la película del pulpo, según dicen los periódicos y las revistas de París, no va a tener el éxito de la película del tiburón por fallos técnicos, por la irrealidad del *kraken* mal construido.

No debieron preocuparse muchos los constructores del falso pulpo gigante de la película de recoger las noticias antiguas desde la *Odisea* de Homero, cuando cuenta del perverso monstruo Escila, hasta Olao Magno y el arzobispo Pontoppidan, pasando por Plinio el Viejo, el cual en el capítulo cuarenta y ocho del libro IX da la noticia del inmenso pulpo de Carteia, en Hispania —en la que llamamos ahora Costa del Sol—, muerto por muchos tridentes, y cuya cabeza le fue mostrada a Lúculo, grande como un casco que pudiese contener «cincuenta ánforas de vino». Un ánfora equivale a unos veinticinco litros. Sus tentáculos no podía abrazarlos un hombre, y medían sus buenas dieciocho varas. Plinio no dice nada de lo que afirma Olao Magno, que aterroriza el *kraken* a quienes lo contemplan, y que las niñas de sus enormes ojos, de un color rojo encendido, les hace creer a los pescadores que hay un incendio bajo el agua. Willy Ley ha estudiado muy bien el gran tema del *kraken* en su hermoso libro sobre el pez pulmonado, el dodó y el unicornio. Es en este libro de Ley donde yo me enteré de que el treinta de noviembre de 1861, a unas ciento veinte millas al NO de Tenerife, una corbeta de guerra francesa, la «Alecton», cañoneó el más gigantesco pulpo nunca visto. El cuerpo medía veinticinco metros de largo y los tentáculos otros tantos o más. Parece ser que Julio Verne se inspiró en el relato del capitán y los tripulantes de la «Alecton» para la famosa escena del pulpo atacando el «Nautilus» del capitán Nemo. Hoy se cree que existen cefalópodos gigantescos, al mismo tiempo que el equipo de Cousteau ha logrado conseguir que unas docenas de pulpos en el mar de Marsella acudan puntualmente a recibir alimento, y se dejen acariciar, y aun jueguen con los submarinistas a la rueda rueda. Pulpos pequeños, como los que los gallegos comemos con aceite, sal y pimentón, y nunca ninguno tan gigantesco como aquellos que envolvían con sus tentáculos a las ligeras goletas, en los relatos del francés Denys de Montford.

Hasta aquí del *kraken,* la bestia que produce el terror y que, desde Olao y Denys de Montford, nadie cree que «hudirá con facilidad a grandes barcos tripulados por numerosos y fuertes marineros». Si ahora sale, probablemente no es por pulpo, por bestia perversa, sino porque algo hay que inventar que aterrorice. Que aterrorice, sin daño al espectador que está sentado en una cómoda butaca en un cine con aire acondicionado y que, al terminar la función, deja atrás la gran pesadilla. No es que vaya purificado por la tragedia, que más me parece que camine por la calle o descanse en su casa estimando que él y los otros habitantes de la ciudad están inmunizados contra el terror, que, por otra parte, el único terror que existe es el terror-ficción. Lo cual puede no ser verdad, y, además, habituado al terror-ficción, o mejor, aficionado al terror, puede llegar, o ha de llegar forzosamente, a no distinguir el terror de ficción del terror verdadero, que existe, y quizás en forma de bestia, como lo supo el rey de quien se cuenta en el libro cuarenta y seis del *Fa Yuan Tchulin.* El rey, un día, leyendo en la más antigua crónica de su país, se encontró con esta noticia: «En los viejos tiempos, el Terror visitó el país». En aquel reino no se conocía tal sujeto. Un consejero del rey salió mundo adelante en busca de la criatura que correspondía a tal nombre. Por fin la encontró en un mercado; tenía la forma de una cerda gigantesca. Quien la vendía era un dios disfrazado de labriego. El consejero real la compró por un millón de monedas de oro. Preguntó al vendedor:

—¿Cómo se alimenta?

—Con un odre de agujas por día.

El consejero real escribió a todos los gobernadores de las provincias del reino pidiéndoles agujas para alimentar a la cerda Terror. El monstruo era insaciable, y todas las agujas que se fabricaban en el reino, y aun en los reinos vecinos, no le llegaban para el almuerzo. Todo el pueblo se dedicó a fabricar agujas, y sobrevino una gran hambre. Y el consejero real caminaba con la cerda hacia el palacio real, para mostrársela al rey que quería saber cómo era la bestia Terror. Estallaron revueltas populares, y el rey, al fin, ordenó que fuese muerta la bestia Terror. Ningún hierro la pudo herir, y hubo que quemarla, pero la cerda no ardía, enrojeció, se libró de sus cadenas, que se fundieron como cera, y huyó entre los que habían acudido a contemplar su muerte: muchas personas ardieron vivas, el incendio devoró aldeas enteras y, al fin, en vuelo rasante, penetró en la capital real y lo quemó todo, incluso al propio rey en su palacio, quien seguía leyendo las viejas crónicas.

Quiero sugerir que el gusto por el terror-ficción puede llevar al amor por el terror real, es decir, a la necesidad espiritual —podríamos apuntar que incluso carnal— de aterrorizarse cotidianamente. La violencia como droga es algo que hay que aceptar, y ya se sabe lo que sucede con el apetito de droga del drogado. El tiburón y el pulpo de las películas americanas no llegan a ser siquiera la marihuana del terror. Se empezará por ahí para terminar por *over dos* de otro producto más poderoso. Y mientras el hombre busca la bestia que responde por Terror, los terrores de ficción se retiran lentamente bajo el mar.

Las flotas infernales

Hace años que he adquirido y leído el libro de Harry Cobdan y Cabell, *Los hijos de Satán,* pero ignoro por qué razón había dejado una parte de los apéndices sin leer y sin siquiera meter la plegadora en los folios. Tiene que haber alguna razón, ya que en estos libros que tratan de demonios es muy difícil que algo pase por casualidad. Y ahora releo todo el libro, con todos los apéndices, y encuentro que uno de ellos trata de la potencia marítima de Satanás y de su flota mercante, la cual tuvo su máximo momento de esplendor en los grandes días de la trata en el siglo XVIII. Era jefe de las naves militares y mercantes de Satán un demonio que se hacía pasar por holandés y llegó a tener relaciones con los grandes jefes de la revolución americana, especialmente con Jefferson, al que más de una vez parece haber sacado de apuros económicos. Jefferson lo conocía como marino holandés, que no como demonio, e ignoraba que aquel pequeño, gordo y rubicundo capitán Lutfson era un príncipe muy importante en el Infierno, domador de ballenas y práctico en artillería como si hubiera leído el tratado de pirotecnia del Biringucho, llamado Baliel. La flota militar que mandaba el almirante Baliel estaba compuesta por una nave capitana, «construida como el Arca de

Noé, pero de menor tamaño», y por setenta bestias marinas capaces de transportar en su lomo cada una setenta demonios desde Lisboa, o de las costas del Africa negra, a las costas de América del Norte o del Brasil en una sola noche.

Según Cabell, las flotas demoníacas solamente navegan en la noche. Cabell insiste en las numerosas historias recogidas de la boca de esclavos negros, ya en el Brasil, ya en los estados sudistas norteamericanos, en la que éstos contaban que ellos mismos, o sus padres, «habían hecho el viaje solamente en una noche, atados sobre una piel azul, resbaladiza, húmeda». Estos esclavos habían hecho el viaje en las bestias marinas de Baliel y no en las calas de los negreros.

Es sabida la enemistad de los poderes demoníacos con Napoleón Bonaparte, con quien, en ningún momento, quisieron trato alguno, aunque se cree que personalidades infernales conocieron y conversaron en alguna ocasión con el ministro de la Policía, M. Fouché. Dada la cierta enemistad con el francés, Harry Cobdan supone que lord Nelson puede haber conocido a Baliel por medio de lady Hamilton, a la que un demonio, Barotto, habría enseñado baile y posturas de estatuaria griega y trucos amatorios, y que la flota de Baliel podía haber tomado parte en las batallas navales del inglés, y a su favor. Así, pues, Baliel pudo haber estado en nuestro triste día de Trafalgar. ¿Con naves visibles o invisibles? ¿Con la nave almirante en forma de arca de Noé o con las bestias marinas, en la ocasión disfrazadas?

Según Cobdan y Cabell, aparece desposeído de su mando naval hacia 1820 y, desde entonces, no ha sido señalada en los mares la aparición de ninguna flota infernal.

Cobdan y Cabell son los que afirman la gran calidad de artillero de Baliel. Se ha sostenido siempre que la artillería la usaron antes los demonios que los hombres, y que no necesitaban pólvora para sus cañones, ya que utilizaban los rayos y centellas de las grandes tormentas. (La tesis que José María Castroviejo y servidor sostuvimos siempre de que hubo en Compostela, en la víspera del Apóstol, fuegos artificiales aun antes de la invención de la pólvora, fuegos a base de aparato eléctrico como en tormenta, que por algo a Santiago se le conoce como Hijo del Trueno.) Cobdan ha analizado *ciertos documentos,* en virtud de los cuales está en condiciones de afirmar que los cañones de los demoníacos se colocaban, o colocan, con la culata de espaldas a la batalla y, al salir la bomba por la boca, describía una curva hacia atrás e iba infalible a caer entre el enemigo.

Ahora que se habla tanto de la educación de los delfines, de su inteligencia y de su posible utilización en los mares como servidores del hombre, habrá que preguntarse si las bestias marinas de la flota de Baliel no estarían formadas por alguna especie desconocida del delfín. El problema de saber qué bestias eran las naves baliélicas es complejo. En el Báltico, allá por el siglo XV, fueron capturados una especie de delfines menores, que se alegraban y coleaban cuando delante de ellos se nombraba a los príncipes cristianos, y lloraban y amustiaban si escuchaban los nombres de los príncipes paganos. ¿Dónde habrían aprendido unos y otros? Gómara cuenta que, en una isla del Caribe, los delfines se acercaban a la playa si estaban en ella los españoles, a los que distinguían porque usaban barba, y se alejaban si estaban los indios, que no la tenían, y además los comían. Habrá que buscar, pues, en estas tribus delfínicas aquellos que tengan una inclinación natural por los satánidas, por el olor a azufre del demonio, por la caprichosidad de su talante, o sepan obedecer a voces secretas y cabalísticas. O también pueden suceder que esas bestias fueron creadas por el demonio como el sabio hebreo es capaz de construir el Golem, el ser vivo hecho con el juego de las palabras y el Nombre.

La atlántida siempre

Escucho en mi transistor una emisión cultural, y así me entero de que ha salido un nuevo libro sobre la Atlántida, traducción al castellano de la obra de un inglés, cuyo nombre no logro recordar. Para el nuevo sucesor de Platón y de Termier, la Atlántida era una gran isla situada al noroeste de Inglaterra y, tal como los sacerdotes egipcios de Sais le dijeron a Solón, desaparecida bajo las aguas en un espantoso y breve día y una larga y terrible noche. Quizá salió fuego del mar, y la isla se tambaleó en sus cimientos antes de ser cubierta por las más grandes olas que jamás haya conocido el océano.

La nueva situación dada a la Atlántida contradice la opinión generalmente admitida de que la gran isla estaba situada en el centro del Atlántico, digamos que entre las islas Canarias y las del mar Caribe. La Atlántida sería, por definición, la gran Florida, la isla de la eterna primavera. Hace años que un pastor luterano alemán, en inteligente libro, situaba la Atlántida en donde es hoy la isla de Heligoland, en la costa germánica del mar del Norte. Pero, aunque se discuta la ubicación de la isla, todos han estado conformes en que sus gentes habían desarrollado un complejo sistema político, una civilización tecnológica y una refinada cultura.

Según el nuevo libro, los atlantes colonizaban toda Europa y Oriente Medio y llegaban al Indo, cuando se produjo el hundimiento de su tierra natal. La verdad es que se ha ido pasando del concepto del atlante como buen salvaje a un tipo metido en el engranaje de una sociedad super reglamentada, sus individuos perfectamente clasificados, y que en ningún caso podrían salir, sin grave castigo, de sus casillas. Algo así como el Estado de las Islas Sevarambas, o la organización del «mundo feliz» de Huxley. En este último había una «reserva para salvajes, es decir, para los inadaptados. En toda isla de Utopía, desde Moro, parece que haya que reservar un lugar para los que por algún fallo educativo, o por perturbación de la mente, por la no aceptación de los cánones, se niegan a cumplir la ordenanza establecida. También la Atlántida, según el nuevo libro, tenía su «reserva de salvajes», un gran penal que ocupaba nada menos que toda Inglaterra.

Creo recordar que Huxley situaba la «reserva» en la gran selva centroamericana. Allí, los disidentes, en ocio y en vagabundaje, vivían según sus apetitos. Me gustaría que alguien con saber suficiente estudiase la influencia de los disidentes en la evolución de estas sociedades tan reglamentadas y cuadriculadas, en las que la clasificación inexorable de los individuos preservaba el orden y hacía imposible el futuro. El Gran Protector de los atlantes se frotaba las manos con evidente satisfacción ante el hormiguero afanado:

—¡Todo queda atado y bien atado! —decía.

También Hitler quería establecer un orden para

mil años. Aunque parece que en su mente no tuviese una «reserva de salvajes», porque tenía, como ya se ha visto, otras soluciones. En fin, jamás nadie ha logrado atar la Historia.

Lo de Inglaterra, transformada en penal, sorprende. Dada la situación de la Atlántida al noroeste de Inglaterra, la prisión, con un Gran Inquisidor, estaría mejor situada en el frío, en Groenlandia o en Islandia, la Ultima Tule, un laberinto construido entre las nieves perpetuas. El disidente pagaría su condición de tal en largas y solitarias jornadas en una celda triangular. Parece ser que, en el siglo XVII, en la India, un Gran Mogol hizo experimentos al respecto y encontró que la celda triangular, con alto techo, desconcertaba al recluso y le causaba una sensación de prisión, por decirlo así, mucho mayor que una celda cuadrada, como una habitación normal.

Por lo oído, el nuevo tratadista de la Atlántida cree que los atlantes tenían máquinas voladoras, lo que evidentemente supone, en principio, una metalurgia avanzada. Es curioso, pero no ha aparecido ni un tornillo de toda la complicada maquinaria que habían fabricado los atlantes para la dominación del mundo. Ni rastro de sus artilugios ni en México ni en Egipto, ni en Tartesos ni en Grecia. Ni un solo objeto «moderno» en las inmensa masa pétrea del mundo antiguo. Sin embargo, hay ahora mismo quien nos dice que los ovnis son máquinas de los atlantes supervivientes, escondidos no sabemos en qué lugar de nuestro planeta. Parece que en nuestro tiempo, las gentes, a fuerza de no creer en nada, están dispuestas a creerlo todo, las mayores pamplinas, con tal de que caigan del lado de lo misterioso y sobrenatural, violen la estampa del vivir cotidiano.

No hace falta decir que uno prefiere la concepción que me atrevo a llamar romántica de las islas desconocidas, perdidas al oeste, las islas de los celtas y las Floridas medievales, aquéllas hacia las que navegó San Brendan en busca del Paraíso terrenal. Y, por ende, la imaginación de una Atlántida feliz, patria de hombres libres, regida por los augurios y la concordia. Y quizás algo hubo en el océano, ya la Atlántida, ya otra isla de la fortuna, porque siempre se buscó al oeste un lugar feliz, donde sopla el céfiro blanco y nadie conoce el hambre, la enfermedad, ni aun la muerte.

Noticias de Navidad con el mar de fondo

Cuentan que en las semanas anteriores a la Navidad se ve por los caminos que llevan a Finisterre —al cabo final de la tierra desconocida— un extraño personaje al que ladran los perros horas antes de que aparezca y al que siguen ladrando cuando ya camina a varias leguas de distancia. Aún no es Navidad, aún no ha nacido el Niño de Belén de Judá, y ya ese personaje va con una terrible noticia hasta *o cabo do mundo*. Se trata de un criado del rey Herodes, que va hasta el Finisterre a dar la orden de que hay que degollar a los inocentes. El tal criado es un tipo moreno, vestido a la morisca, gran corredor; de vez en cuando se detiene para beber en una fuente, que deben secarle la boca las palabras de la terrible orden herodiana. Dos cosas me preocupan de este oficial de órdenes de Herodes: su presencia en Galicia y en Finisterre transforma la degollación de los inocentes en un acontecimiento universal, como si todos los niños del mundo fueran degollados el día 28, y qué hace o dice cuando llega a Finisterre y tiene ante sus ojos y su voz la inmensa soledad del océano. ¿Atraviesa el mar, tiene tan poderosa voz que llega a la ribera de las Indias Occidentales, a América, su grito arameo? Porque parece que la degollación haya de hacerse en todo lugar de cristianos y, al mismo tiempo, lo que se prueba, entre otras cosas, por la aparición de inocentes degollados en los más diversos lugares de Europa, tanto en la cristiana romana como en la ortodoxa griega. Muchos de los que me lean saben que, pasados varios siglos del nacimiento de Jesús, aparecían en Palermo o en Aquisgrán niños degollados todavía con un soplo de vida, y que eran escapados de la matanza ordenada por Herodes. En Palermo, en el siglo XIII, en un convento de franciscanos. En un río cercano a Aquisgrán, en el siglo IX. En Palermo, la sangre que derramaba el inocente por la gran herida de su garganta, manchó el suelo y aún hoy no se ha borrado la mancha. En el río de Aquisgrán, el niño pudo decir quién era y lo llevaron ante Carlomagno, quien dijo que en mayo saldría a hacerle guerra a aquel Herodes tan asesino... Entre nosotros, los gallegos, no se sabe que haya aparecido ningún degollado, ni en Santiago de Compostela ni en alguna posada del «camino francés», del camino de las grandes peregrinaciones, que sería lugar adecuado. Por ello me pregunto: ¿qué hará el criado de Herodes ante el océano? ¿Quién lo escucha en las rocas extremas? El océano es asesino también, pero a su manera. Lo ha dicho Yeats en un verso memorable:

La asesina inocencia del mar

El océano, con su enorme violencia, con sus grandes olas y sus fuertes vientos, destruye las naves que lo surcan, pero no tiene la voluntad de Dedanar. Enorme bestia que respira dos veces al día, ignora los límites de su fuerza, desconoce el poder de sus tempestades, ahoga humanos creyendo acariciarlos y, con los mayores temporales, cree que está jugando. Me inclino a juzgar que el criado de Herodes a quien le grita es a Leviatán, la enorme ballena, la gran bestia del mar, para de alguna manera hacerla participar en el crimen.

Hace algunos años me habían pedido un villancico, para que lo cantase un coro de niños en una iglesia de La Marina, de Lugo. La iglesia está en la vecindad misma del mar, y de su ábside a las aguas hay un pequeño campo y unas grandes rocas oscuras, que sirven de rompeolas. Y se me ocurrió que algo del mar había de entrar en mis versos. Los niños cantores eran casi todos hijos de marineros, de pescadores —como varios de los compañeros del Señor, con barcas en un lago, que no en el mar—. Y se me ocurrió comenzar mi villancico —traduzco de mi lengua gallega— así:

> San José tenía miedo
> de que el Niño le saliese marinero,
> y se le fuese un día por el mar
> en un velero...

Yo me imaginaba a San José preocupado, contemplando el mar de Foz o de San Ciprián, el Cantábrico verde y torvo, y el Niño jugando en la playa a navíos, con dos trozos de madera, donde la ola comienza a ser espuma que lame la arena. Sí, San José tenía miedo.

> *De que o neno lle saíse*
> *mireñeiro*
> *e se lle fose un dia pelo mare*
> *num veleiro...*

Y por mis propios simples versos me emocionaba la aventura del niño saliendo al mar mayor en una dorna, diciéndole adiós a la ribera oscura, a las luces de los grandes faros nuestros, Vilan, Finisterre, Corrubedo, Silleiro.

Como saben, hubo discusiones entre los pesebristas italianos —después de que San Francisco hiciese el primer pesebre o Nacimiento— de si había de ponerse el mar en el pesebre. Y como uno de aquellos primeros franciscanos dijese que en el Nacimiento debía aparecer *il mondo nel suo ordine intero,* fue decidido que siempre, bordeando el país de colinas, bosques y ríos, debía aparecer el mar con sus barcas. Un trocito de mar, que se fingía con cristal o con tela pintada de azul. Y, de aparecer el mar en el pesebre, se llegó a poner en la fingida playa a gente de remo, que ella también subía a Belén de Judá a adorar al Niño, juntamente con los ángeles y los pastores. Belén está tierra adentro, pero a los marineros que en la playa se apoyan en sus largos remos ha debido llegarles la extraña gran noticia: han visto estrellas, no usadas, escuchado músicas que viajan con el viento terral... Cuando en un pesebre no veo el mar, me parece, desde que supe de aquellas discusiones franciscanas, que le falta algo y en el pequeño que me hago para mí mismo, pongo un poco de arena, y en ella una pequeña barca, varada. Y así soy dueño de la ilusión de que acude a Belén la gente toda de la costa gallega, y de las islas, de Sálvora, Ons, las Cíes, que se entera de que le ha nacido un Salvador al mundo. Y de paso le doy a la gente del mar el puesto que merece en el *ordine intero universale,* en los trabajos y los días. Con el acento claro y cantarín de las gentes gallegas ribereñas suenan cantos, en mi imaginación, en el Belén de Judá tan lejano. Y acaso uno de los marineros lleve en la mano diestra una caracola, para que, puesta en el oído del Niño, éste escuche cómo ronca el mar.

Algunos milagros en la mar

Días pasados me encontré en la calle con un amigo, ilustre médico, quien me recordó que en su casa tenía una tríptico con los milagros que yo había contado de San Gonzalo. Este santo fue obispo de San Martín de Mondoñedo, y no solamente pastoreó las almas, sino que también defendió la tierra contra los hombres del Norte, los viquingos depredadores. Una vez apareció en la costa norte de Galicia una armada noruega, y San Gonzalo fue advertido. He escrito que quizá fue la hora más hermosa de esta ribera. Fue su Lepanto. Gonzalo sube a un alto que llaman A Grela y contempla las naves normandas que pasan la barra en la marea mayor. No tiene trompetas ni guerreros que se opongan a los hombres del Norte. Pero tiene la oración, el *avemaría,* y Gonzalo reza. Y, como Dios escucha, las armadas celestiales se ponen en marcha, se abaten como una tempestad sobre la flota normanda, como el gerifalte sobre la paloma, y llegan a las naves enemigas convertidas en horrible tempestad. Todas las naves normandas se hunden, y sólo una nave escapa. En la única nave salvada de la catástrofe, contaba yo, los guerreros no osan hablar. Sus miradas se cruzan con las miradas de los dysir de Odin, que van al campo de batalla a buscar las almas de los guerreros muertos, para llevarlos al festín donde los dioses y los héroes beben el hidromiel. Los dysir se tapan el rostro con paños blancos y llevan siempre una estela de niebla en los pies...

Seducido por el tema de la ballena en las costas lucenses desde que leí un estudio del profesor Cotarelo Valledor sobre las rentas de la ballena en el obispado de Mondoñedo, ¿cómo inventarle al obispo Gonzalo un milagro con ballena? Fue uno de los que pintó Urbano Lugrís para el tríptico de mi amigo médico. Se había aposentado en el mar de San Ciprián una ballena tan grande, tanto como Leviatán, que no había lancha ballenera que osase acercarse. Cuando movía la cola se levantaban inmensas olas, y en la noche su voz se oía dos leguas tierra adentro: un gemido largo y melancólico como el que han registrado a las ballenas atlánticas los del equipo de Cousteau. En toda la costa no se hablaba más que de la ballena de San Ciprián.

Notaron algunos marineros que, cuando tocaban las campanas de la iglesia parroquial, la ballena se acercaba a tierra y se lamentaba más suave, como si hablase de amor con su lengua marina. Se lo contó el arcediano de Trasancos a San Gonzalo, y, como el suceso parecía extraño y los pescadores se quejaban de la ballena, de que seguía sus barcas y la temían, y ya no pescaban y pasaban hambre sus familias, el obispo decidió ir allá. Y bajó a la playa con su báculo y su mitra. Gonzalo sabía que la ballena le estaba mirando. La ballena se acercó lo que pudo al arenal, buscando no quedar en seco. Murmuró en su lengua con más suavidad que nunca y Gonzalo la escuchó como a un cristiano que se confiesa y, cuando la ballena calló, Gonzalo la bendijo y pidió que en una dorna le llevaran hasta su boca. Sólo un mocito de quince años osó llevarlo. Acercóse la dorna al monstruo, quien abrió su boca enorme. En ella se apeó Gonzalo, el cual en la oscuridad de la garganta del cetáceo se perdió. Al poco tiempo apareció con una imagen de Nuestra Señora en los brazos. Una imagen de la Virgen con el Niño, de menos de una vara de alto, muy bien vestida de azules. La ballena se fue como vino, nadando, y el obispo Gonzalo llevó la imagen a una iglesia, quizás a Villaestrofe, y pidió que hicieran romería todos los marineros del país.

Urbano Lugris pintó el milagro con la minucia de una miniatura medieval, una miniatura para unas «Ricas Horas».

Otro milagro marinero conté de Gonzalo, el obispo. Tenía canteros trabajando en el claustro de su cátedra de San Martín. Labraban hermosos capiteles, en los que se encabritan los caballos odínicos y otros con selvas como barbas de patriarcas del Antiguo Testamento. Gonzalo gustaba de ver los canteros en la tarea —esos canteros que todavía en nuestro tiempo irán a Francia a reconstruir catedrales, tras las grandes guerras. Y un día, una tarde en que Gonzalo daba a canteros, le avisaron de que un monje desconocido y con raro escapulario quería verle. Era un anciano, de celestes ojos, hábito corto, descalzo de pie y pierna. Algas, percebes, mejillones, llevaba adheridos al hábito, como si fuese roca de bajío.

—Soy el abad de Guidán, señor obispo. Bajo las olas tengo iglesia, monjes y un rebaño de ovejas. Con un Sudeste se cayó la espadaña de la iglesia y se levantó el tejado. ¡Quería que me prestases un albañil!

Y un albañil de los que estaban junto a los canteros, en la obra de San Martín, se fue con el monjo, y a los pocos días regresó.

—¿Qué viste?

—Pues, señor, una iglesia pequeña y una huerta grande, con manzanos tabardillos. La espadaña queda buena. Me dio el abad este corderillo trasalbillo para que me lo coma por Pascua Florida.

—¡Te lo compro por dos monedas de León! —dijo el obispo.

Y, desde entonces, el cordero sigue a Gonzalo a todas partes, se les escucha conversar, y he soñado más de una vez que cuando Gonzalo muere, su alma va al cielo acompañada del corderillo, que se quedó en eso, durante siglos, en corderillo. (Sin duda que el no haber comido al corderillo submarino ha sido una pérdida para la cocina cristiana occidental. ¡Que Dios me perdone este osado, casi sacrílego pensamiento!)

Imágenes que vienen por el mar, iglesias bajo la mar. Cuento de esto ahora que, en el verano, la Galicia marinera celebra fiestas a sus patéticos Cristos que el océano le dio: Cristos de Finisterre, de Bouzas, de Cangas, de Vigo... Este último, que ahora titulan Cristo de la Victoria, es el antiguo Cristo da Sal, el protector de los galeones salinarios, de la flota que para las salazones gallegas traía cada año la blanquísima sal del Sur.

Los dioses del mar

Hace pocos días que he recibido el regalo de un par de discos en los que una anciana finesa recita trozos del gran poema «Kalevala». Y uno de los trozos recitados corresponde a aquel momento en que, Runa XXII, el gran héroe Wainamoinen, canta, acompañándose del instrumento llamado kantele, que él mismo inventó, en una de las colinas de la montaña de oro. Todos los seres vivos que pueblan la Tierra acuden a escucharlo, desde el lobo gris al salmón plateado. El canto del héroe llega hasta las profundidades de los mares, y el dios del mar y de las aguas, Ahto, lo escucha. Y dice la Runa que Ahto, «antiguo como el océano, el de la larga barba, asomó fuera de las olas, y su fértil mujer, que se estaba peinando con un peine de oro, al oír el canto, se estremeció de placer, y el peine le cayó de las manos; y saliendo del abismo verde se acercó a la costa y se echó de bruces sobre una roca, escuchando la voz del kantele mezclada a la voz de Wainamoinen. Y lloró». Ahto podía cubrir su cuerpo con escamas rojas o azules, y en los días de niebla tocaba con el dedo meñique de su enorme mano los barcos que quería guiar a buen puerto. Las grandes tempestades eran sus sueños, sueños en los que peleaba con los grandes vientos, a los que lograba, tras largo y ruidoso combate, hundir en los abismos del mar.

Este dios del mar de los fineses antiguos es un dios simplote y gamberro, caprichoso; al contrario de otros dioses del mar. Poseidón de los griegos o Llyr de los celtas, nunca intervendrá en asuntos que no se refieran al mar y, puntualmente, todos los veranos, le hará un hijo a su esposa, la cual dará a luz en el medio de un coro estupefacto de ballenas. El Poseidón de los griegos fue quien, primero, dios con forma humana, se embarcó. Lo cual supone que sabía construir una nave, o tenía con él súbditos que carpinteaban de ribera. Hermano de Zeus, llegó a pensar en destronarlo, pero terminó sometiéndose, y aun le ayuda en sus aventuras amorosas. Separa las aguas para que Zeus pueda pasar cuando, convertido en toro, rapta a Europa. Es vengativo, y, cuando dos ríos transformados en árbitros le dan la razón a Hera, la diosa de los vacunos ojos, que pretende la Argólida, los seca para siempre. Los cauces y las riberas del Cefiso y del Asteris nunca más conocerán el agua. Era —estos dioses de antaño se han ido muy lejos— un enamoradizo turbulento y con una gran capacidad de metamorfosis para llevar a feliz término sus aventuras. Por ejemplo, Deméter rechazaba sus insinuaciones y, para evitar que Poseidón siguiese incomodándola, se transformó en yegua. En seguida que lo supo Poseidón se transformó en caballo y se fue al prado donde pacía la hembra, e incontinente la cubrió. Hay quien dice que siete veces seguidas. Lo que fuese. Deméter parió a una hija *que no puede ser nombrada,* y un potro Arión, dotado de inteligencia, que aprendió a leer y a escribir, y tuvo por tanto el don de la palabra. La lujuria de Poseidón no tiene par. Viola a la Medusa, un centauro hembra de gran belleza, en el mismo templo de Atenea, y se acuesta con Gea una noche y hace en ella dos gigantes, a los que dará muerte Hércules. Y con otras hembras tiene hijos que son terribles monstruos, salteadores de caminos, cíclopes y otras criaturas extrañas. Y hasta un boxeador de una ninfa, un tal Amico, el cual morirá a manos de Pólux, cuando Jasón va en busca del toisón, del vellocino de oro. El caballo era su animal favorito —las olas del mar, avanzado hacia tierra, sugieren caballos de planteadas crines; donde yo veía mejor este ejemplo era en San Sebastián, en el puente que preside la llegada del Urumea al mar—, y parece ser que fue quien inventó el arte de domarlo. Pero ésta será una invención posterior.

Los celtas tenían un dios del mar que se llamaba Llyr, Llwyr, Ller... Parece ser que el gran Rey Lear, célebre desde Shakespeare, el anciano rey del reparto, es el mismo antiguo dios. Los gallegos, con eso del celtismo nuestro, estábamos muy contentos porque en una cantiga de los cancioneros gallego-portugueses se mencionaba al viejo dios del mar. El trovador cantaba:

En Lisboa sobre lo mar
Barcas novas mandei labrar.
En Lisboa sobre lo ler
Barcas novas mandei facer.

Este *sobre lo ler,* este *ler,* era interpretado como otro nombre del mar, el nombre del dios celta del mar usado para designar el mar. ¡Se hacían las barcas sobre la piel salada del dios del mar, del diosmar! Pero los filólogos han acabado con nuestras ilusiones. *Ler,* como *glera, llera,* Laredo, lo que significa es una playa guijarrosa. No había, pues, memoria de Ler o Lear o Llyr, en la gente marinera de Galicia, ni en Portugal, *ouh meus pais das naos e mais das flotas!* Ler inventó las más antiguas de las embarcaciones de Irlanda, pero no inventó la dorna, que es bien menos antigua, al parecer, de lo que se viene creyendo. Admirable embarcación, de una absoluta perfección formal, su nombre procede de una medida de capacidad, especialmente usada para el vino. Corominas, en su *Diccionario* da una amplia explicación.

Hay otros dioses del mar, pero estos tres, Atho, Poseidón y Ler, serán siempre los mayores.

Monstruos en la mar

Si ahora mismo estuviesen los hebreos antiguos del Talmud y de la Cábala en La Coruña, junto al faro antiguo famoso, de Breogán céltico o de Hércules griego, podrían sospechar, de acuerdo con sus mitos, que el petróleo derramado por el «Monte Urquiola» era la baba o la podre interior de Leviatán. Graves y Patai han publicado unas notas acerca de esta bestia marina en su tan conocido libro *Los mitos de los hebreos,* pero nunca nos han dicho de dónde les habían llegado a los hebreos noticias del océano, ya que no parecen haberse asomado jamás al Indico y no haber visto otro mar que el Mediterráneo oriental. Una constante de aquel pensamiento mítico es que primero fueron las aguas. En la época anterior a la Creación, Ráhab, príncipe del océano, se rebeló contra Dios, que le ordenaba abrir la boca y tragarse todas las aguas del mundo. Ráhab le dijo a Dios:

—¡Señor del Universo, déjame en paz!

Inmediatamente, Dios «lo mató a patadas y hundió su cadáver bajo las aguas, pues ningún animal terrestre podría soportar su hedor». Para unos, Leviatán tiene forma de ballena; para otros, los menos, de cocodrilo; ahora, para muchos, podrá tener forma de petroleo. Los colmillos de Leviatán «difundían el terror, de su boca salían fuego y llamas, de las ventanas de su nariz humo... Vagaba por la superficie del mar, dejando una estela resplandeciente, o por su abismo inferior, haciendo que hirviese como una olla». Imaginen el naufragio de un gran petrolero, que comienza a arder y suelta petróleo de sus tanques, produciendo una marea negra. Es una imagen valedera de Leviatán en el mito hebreo, máxime cuando se acepta que Leviatán mancha el mar y, cuando lo toma la violencia y se mueve irritado, «produce un cataclismo tal que deben transcurrir setenta años para que se restablezca la calma en el mar». Si el «Monte Urquiola», encallado a la entrada de la bahía coruñesa, es como figura de Leviatán, ¿vamos a tener que esperar los gallegos setenta años para que el mar quede limpio, haya percebes en las rocas, fanecas en la ría, almejas y berberechos en los arenales?

A pocos hombres se les ha concedido el ver a Leviatán. Una vez, Rab Saphra, viajando por el mar, vio a un animal con dos cuernos, que sacaba la cabeza fuera del agua. Grabadas en los cuernos llevaba estas palabras: «Esta minúscula criatura marina, que mide apenas trescientas leguas de largo, está en camino para servir de alimento a Leviatán». Eso da idea del tamaño del petrolero, es decir, de la bestia llamada Leviatán. En B. Baba Bathra, 75 a, se lee que Leviatán, como Ráhab, exhala un hedor terrible. «Si no fuera porque de vez en cuando el monstruo se purifica olfateando el aroma de las flores del Paraíso, todas las criaturas de Dios se asfixiarían, seguramente».

Afortunadamente, Leviatán está ahora confinado en una caverna del océano, solitario. Tuvo hembra, pero Dios la mató, de miedo que procreasen otros leviatanes. Con la piel de la hembra de Leviatán se hicieron Adán y Eva brillantes vestidos, y la carne de ella está conservada en salmuera, para el banquete de después del Juicio Final. También, parece ser, la carne de Leviatán, limpia y aderezada, será comida. Pero solamente será comestible al final de los tiempos. Yo mismo, cualquiera, puede entender que el comer carne de Leviatán equivale a comer productos alimenticios obtenidos del petróleo, si actualizamos el mito, o vemos como mito y simbólicamente la presencia, y poder y riqueza, del petróleo.

En fin, nos ha tocado la china a los gallegos; le ha tocado al mar de los ártabros —que basta decir su nombre para que aparezca ante los ojos la verde, espumeante, viva superficie, con la huella de los pies del viento, como en el poema de Swinburne— la aparición súbita de Leviatán una mañana de mayo, soltando fuego y baba negra, sembrando muerte y destrucción, y bien difícil y lenta será la restauración de la vida en las aguas, la limpieza de las oscuras rocas y de los blancos arenales.

Dios tiene, como dije, sujeto a Leviatán, lo que no impide su ira y los desastres. Pero el hombre, ese suplente de Dios, debía razonar sobre sus propios leviatanes, los que ha creado con su técnica. Parece más de aventura y despreocupación que de reflexión y previsión mandar un leviatán de cien mil toneladas hacia una costa donde cerca de medio millón de gallegos vive de las cosechas marinas. Si Dios tomó tantas precauciones con su Leviatán, ¿cómo toma tan pocas el hombre con los suyos? Antaño, nosotros, los gallegos teníamos santos taumaturgos entre nosotros: San Ero, que escuchando un pajarillo, echaba una siesta de trescientos años, o San Gonzalo, quien, rezando Avemarías, hundía una flota normanda. Uno de ellos podría, desde el faro coruñés, detener a Leviatán, a los leviatanes de la técnica hodierna, con su mano o su voz, y limpiar el océano con la mirada de sus ojos. Pero los taumaturgos han sido sustituidos por los técnicos del detergente y del biodegradante, y la turba rusa, etcétera. ¿Cuántos años habrá que esperar para que al viejo traje del mar, que ondula al viento, le limpien las manchas de grasa y volvamos a verlo, enorme y delicado, alegre, acercándose a la tierra con su corona de espuma?

El pesebre en el océano

No el pesebre, a la manera de Nápoles y de Cataluña, tal como está dicho por el poeta Sagarra, y, en fin, tal y como en el barrio romano de Grecia lo montó el *poverello* de Asís, sino una visión del nacimiento de Jesús tal como fue en realidad, y visto más de mil años después en el océano, en una isla de doradas pajas, a la que hacía techo una perenne bandada de gaviotas. Todos conocen las navegaciones de San Brendan, y especialmente la parte aquélla de la celebración por él y los monjes que lo acompañaban de la Pascua de Resurrección, cuando decidieron asar en una isla desierta, de oscuras rocas, el cordero lechal para el banquete. Mejor dicho, cocer, que parece ser que no eran aquellos celtas gente de asados y sí de cochura. La isla era el lomo del pez Jasconius, quien, al sentir el fuego, se puso en marcha, cayendo los monjes al agua. Pero nadie nos dice qué pasó con Brendan y sus monjes cuando llegó, en el año litúrgico, el día de Navidad; ni siquiera ese marino francés que escribió el *Diario de a bordo de San Brendan* y nos dice la singladura de cada día, y las tempestades y visiones.

Si es cierto, conforme a la mitología céltica de la inmortalidad, que a Oeste estaba el Paraíso Terrenal —contrariamente a todos los otros pueblos cristianos, que lo sitúan en Oriente—, y lo es también que a la puerta del Paraíso están Belén y Jerusalén, unidas por un arco de piedras jaspeadas, de manera que el que entra al Jardín, pasa entre el pesebre del Nacimiento y el Gólgota de la Pasión, podemos imaginar la llegada de Brendan y sus monjes a Belén de Judá, el otro, el de Poniente, justamente cuando nacía el Niño. Lo primero que les sorprendería sería la música celestial que hacían los ángeles y la de los pastores —que, siendo gaélicos los viajeros, otra música no podrían imaginar que la que naciese de las grandes arpas antiguas o de las gaitas alegres—. Los monjes de Brendan saltarían a la playa del Paraíso y correrían hasta la puerta de Belén diciendo ¡aleluya! y ¡aleluya!, mientras Brendan se arrodillaba y decía aquellas oraciones que solamente supieron los santos irlandeses de antaño, y que se hacían luz en el aire e inventaban el enorme silencio, ese mismo silencio que, según Ernesto Hello, y nos lo ha recordado alguna vez Eugenio Montes, sigue a la realización del milagro. Los monjes vieron a José y a María, y al dulce y sonriente infante en las pajas. Ignoro el porqué, pero desde muy antiguo se cree, en himnos y en leyendas e historias, que Jesús, al nacer, era rubio. En los villancicos gallegos se nos dira *o Neniño que é como un ouro*. Pero entonces no había rubios entre las Doce Tribus, y solamente habrá hebreos rubios en Europa después de muchos siglos de diáspora. En un documento de Orense que ha publicado el finado Ferro Couselo, al hacer nómina de pobladores, se cita a alguien que no podía precisamente pasar inadvertido, o *xudeo rubio e capado*. Jesús era de blanca piel y de cabello rubio: ésta es la constante afirmación, y nadie osaría decir que era moreno, porque la morenez no se ha llevado hasta nuestro siglo de agosto en playas. (Y menos en Galicia, donde llamar «morena» a una chica hasta podía ser insulto: la mocita se quejaba porque podía quedarle de mote *moreniña para sempre*. Y hay una cantiga en la que la muchacha prefiere que le llamen Siega la Hierba y no morena.)

Pero volvamos a Brendan, arrodillado en la última playa a Poniente, a la puerta del Belén del Paraíso. Por celta, sabía que las visiones de los grandes hechos del tiempo pasado dan la ceguera al visionario. Pero dan también la visión perpetua del suceso. Si ver el nacimiento de Jesús daba la ceguera a Brendan, también le daba el ver siempre la hora aquélla, la máxima de la Historia del mundo. Para siempre tendría Brendan la estampa coloreada en el fondo de sus ojos ciegos. ¿Se acercó Brendan, flor de santidad, al pesebre de Belén y vio a Jesús en el regazo de su madre, y a José como ausente y soñador al lado de la Virgen? Es casi seguro, y entonces tiene una explicación su regreso a Irlanda y el fin de su vida con los azules ojos muertos. No se le quitaba de los labios la sonrisa, porque estaba viendo al Niño, recién nacido, en un pesebre silencioso que le ocupaba todas las salas de su alma. (Fueron los hombres del Norte, los irlandeses y noruegos, al cristianarse, quienes preguntaron qué forma tenía el alma, y parece que quien les predicaba el Evangelio en la ocasión tuvo la respuesta certera para aquellos osados navegantes, cuyas madres, cuando era posible, iban a parirlos al mar.)

—El alma tiene forma de nave —les dijo.

—¿Con proa, popa, quilla, remos, velas y banco para el Rey?

—¡Con todo ello!

Y Malar de Malarendi, que viene en la *Heimskringla* comentó que por eso tantas veces sentía el alma suya aprestarse a navegar por el mar oscuro que lleva a la isla de la muerte.

Brendan está de vuelta en Irlanda y cuenta el nacimiento de Jesús, que lo ha visto, a los poetas vagabundos, y sus monjes les repiten la música celestial a los arpistas y gaiteros. Quizás a esto último se refería Padráic Colum cuando aseguraba que hay músicas en Irlanda que, recordadas cuando uno está lejos de la isla, se ve que no son humanas, sino sonatas del Paraíso. Es decir, de los ángeles que saludaron al Salvador del mundo, que nacía en Belén. La nave de Brendan, regresando del Oeste, podía llevar un vigía como el infante Arnaldos que gritase:

> ¡Yo no digo mi canción
> más que a quien conmigo va!

El viento llena la pequeña vela y en el aire chillan las aves marinas, como locas. Hay un verso de Mallarmé que dice que «hay pájaros que están borrachos por vivir entre la espuma desconocida y los cielos». Un arco iris va desde Finisterre hasta el Belén del Oeste.

De estrellas propicias y de un raro hechizo

Todos hemos dedicado alguna vez a la constelación que llamamos las Pléyades alguna mirada. Son graves compañeras del hombre. El labriego helénico sabía que debía regar cuando las Pléyades salían al amanecer y que tenía que labrar cuando se ponían al alba. Durante mucho tiempo se creyó que su nombre era el griego *plein,* navegar. Webb nos dirá que fueron llamadas las «estrellas marineras» porque, en los tiempos de Hesíodo y de Homero, su orto marinero ocurría cuando los vientos bruscos del invierno griego cedían su lugar a los cielos despejados y a la mar calma de la primavera. Durante siglos se ha creído que la salida matutina de las Pléyades le decía al marino del Mediterráneo que había llegado el tiempo de las navegaciones, y su ocaso vespertino que había que anclar la nave en la ribera. Aunque fuese Ulises el piloto. Pero, recientemente, los estudiosos han establecido que su nombre no viene de navegar, *plein,* que las Pléyades son simplemente las Peleidades, las palomas. En Esquilo se describe a las hijas de Atlas como «palomas sin alas». En la *Odisea,* XII, donde se habla de las rocas *Planctae,* quizás «erráticas», se puede leer algo que quizás aclare lo de Palomas. (Puedo decir que un poeta checo, amigo mío, a quien le estaba vedado salir de su país después de la invasión soviética tras la primavera de Praga, me citaba una vez este pasaje, su comienzo: «Por allí no pasan las naves sin peligro, ni aun las tímidas palomas», dedicándome uno de sus libros.) El texto odiseico dice: «Por allí no pasan las naves sin peligro, / ni aun las tímidas palomas que llevan ambrosía a Zeus, / pues cada vez la lisa roca arrebata alguna / y el Padre manda otra para completar su número». ¿Qué pueden ser —pregunta Webb— estas palomas, con su misión divina, sino las Pléyades celestiales? Y lo que se dice de una de ellas, arrebatada por una roca, es la conocida historia de la Pléyade perdida, constantemente ausente «cuando se cuenta a las siete hermanas y nos encontramos en que sólo son seis».

Ahora se sabe que los indígenas australianos las llaman a las Pléyades «bandada de cacatúas», y en la Europa medieval se creyó que se trataba de una gallina clueca con su pollada. Para el poeta Tennyson fueron un enjambre de luciérnagas, y, según el ya citado Webb, alguna vez fueron vistas como un racimo de uvas. Así, pues, aunque rijan las épocas propicias y las nefastas del marinero antiguo, su nombre será el de palomas, las Peleiades, aunque, por haberlas usado para andar el mar, creyeran los que contemplaban estrellas en la Grecia antigua que su nombre estaba unido a la navegación. Ahora son ya los días de las Pléyades vespertinas, cuando un santo griego misterioso llamado Ulises, como el héroe homérico, que había inventado el remo, descubrió el deseo de regresar al hogar.

No se iba al mar sin ciertos hechizos, pero el maestro Joan Corominas ha dado con uno más, del que nos cuenta en su *Diccionario crítico etimológico*. Ustedes saben que hay una especie de bollo que imita cierta figura de mono, y se hace con masa de bizcocho o de mazapán, con frutas en conserva de añadido, y además *algunos hechizos*. Covarrubias dice que «es pan mezclado con hechizos de bien querencia: dar a uno bollo maimón, *es avele ganado a todo punto la voluntad*». Por los folkloristas, sabemos que esto de dar a uno bollo maimón sigue vivo en muchos lugares del Sur de España, y aun del antiguo Reino de Toledo. Y en sus estudios se pueden aprender qué porquerías se meten en dicho bollo como hechizo. Corominas cita a un médico valenciano, quien, hacia 1460, en su *Libro de las mujeres,* asegura que meten en el bollo maimón *draps,* trapos o paños del menstruo: «*del drap que's muden / fetilles fan*», hacen hechizos. Y esos mismos paños, para que les den ventura en el mar, los atan los marineros en los maimonetes de las naves. Los maimonetes de las galeras son «unos curvatones o palos de pie derecho que están en la cubierta superior, cerca del palo mayor y trinquete, y tienen sus roldanas para laborear por ellas las brazas del trinquete y velacho, y otros diversos cabos de labor» (*Vocabulario marítimo de Sevilla,* 1696, citado por Corominas). La cosa es que marineros supersticiosos —explica el citado Corominas— atarían al maimonete trapos menstruosos de la mujer amada, en forma de pendoncillo, con la esperanza de que tales trapos trajesen vientos favorables. El citado médico Roig se burla de esto: «*més al maymó / de les galeres, bon vent no esperes...*».

Mar en calma y vientos de popa, para navegar a papahigos, los pedía el griego a las Pléyades, a las estrellas, mientras que esos hechizos sucios del paño atado al maimonete eran la ayuda del marinero de las galeras del Reino de Aragón y de Marsella y de Génova y Pisa. Los hechizos expresaban el deseo de volver adonde los esperaba la coima, en Barcelona o en Valencia.

Demonios acuáticos

Como estamos en el mes de agosto, en días de vacación, yo me tomo unas horas de vagancia para contarles a ustedes de demonios acuáticos. Acaso alguno está bañándose cerca de donde yo lo hago, en las aguas de la ría viguesa, en cualquiera de las largas y finas playas de su orilla izquierda. Como saben —lo han contado Patai y Graves en su libro *Mitos de los hebreos,* tan curioso—, los talmudistas y cabalistas sostienen que los luciferinos no pueden meterse en el agua, y por dos razones: a) porque se denunciarían a las gentes que los vieran sumergirse, ya que producirían el mismo humo y el mismo chirrido que hace, al entrar en el agua, el hierro al rojo vivo en la fragua del herrero; b) poque, entrando el demonio en el agua, provoca tempestades en las que él mismo perece. No obstante, la tradición europea —Horst con su *Demonomagia* al canto— cree que el demonio puede bañarse en el mar y en los ríos, y si bien, cuando viaja en barco, éste padece una mala travesía, ya tempestades, ya calmas chichas, la nave llega a su destino. Se sabe que varios demonios han utilizado la nave del Holandés Errante para trasladarse de Europa a América, o viceversa, o viajar por el Mediterráneo. En un proceso de la Inquisición, en la Lima del siglo XVII, un demonio apareció instalado cómodamente, con todos los servicios a su disposición, en el cuerpo de un comerciante, natural de Badajoz —que no todos los extremeños de Indias iban a ser conquistadores, centauros o casi dioses—. No había quien echase del cuerpo del extremeño el diablo aquél, quien dijo llamarse Tuno, y el infernal discutía con los inquisidores, los cuales le preguntaron cómo había llegado al Perú y de dónde. Dijo Tuno que en nave procedente de Sevilla, aunque él desde hacía siglos vivía en Toledo, «cabe las tinerías», y que, gracias a él, pese a las tempestades, la flota del año de su viaje había llegado sin novedad. Y para probar lo del viaje en nave Tuno dijo a los inquisidores «cuarenta y dos términos de marinería, velas y maniobras, y algunos obscenos». Se asegura que, en el XVIII, estando el que luego sería famoso violinista Paganini condenado a servir un remo en las galeras de Génova, tenía como compañero diestro de banco un demonio, al que vendió su alma por la libertad y el arte de tocar el violín. El demonio habría ido a galeras por hacerse con aquella alma sombría y misteriosa de Paganini, de la que nos cuenta Heine, que le escuchó tocar, en las «Noches florentinas»... Por de pronto, pues, ya tenemos «un demonio que sabía remar.

El cardenal Hiller —hombre muy puntual en sus relatos: en Escocia vio una sirena, recogida en casa rica, domiciliada en una bañera, y que sabía calcetar—, que escribió una *Historia de Inglaterra,* asegura que los demonios que pasaron a la Gran Bretaña fueron nada menos que setecientos setenta y siete, y lo hicieron a nado, al mismo tiempo que el Judío Errante, el cual iba de pie sobre las olas como si caminase por un prado. Esta noticia de Hiller plantea problemas: o todos los demonios saben nadar y pasaron a Gran Bretaña los que quisieron, o fueron escogidos entre los demonios setecientos setenta y siete que sabían nadar y eran capaces de hacer la travesía del Canal. Sería interesante saber el tiempo que los demonios nadadores tardaron en atravesar el Canal, y si su récord ha sido o no batido por los que en nuestros tiempos se dedican a hacer la travesía a nado. Podían haber ido en vuelo a Inglaterra, pero Hiller es formal: fueron a nado. Hay más: de esa travesía a nado les ha quedado, a los demonios que trabajan en Inglaterra, un lunar escamoso en la nalga derecha.

Se saben todas las preocupaciones de los europeos medievales al construir un puente. Un puente, y esto lo sabían los griegos, violaba el orden natural, pues unía las dos orillas de un río, que por algo estaban separadas. El río había que cruzarlo, pues, por un vado o en barca. Los persas fueron derrotados por los atenienses en tierra y en mar, en Maratón y Salamina, con la ayuda de los dioses, furiosos contra el miedo porque habían hecho un puente de barcas para que su ejército pudiese pasar el Bósforo. En otros lugares, un puente, como entre etruscos, era una cosa sagrada, y el *pontifex,* el hacedor de puentes, altísimo magistrado. El Papa de Roma ha heredado de la religión antigua su título de Sumo Pontífice, de máximo hacedor de puentes. En la Edad Media se sacrificaron, en algún lugar de Europa, humanos para enterrar las víctimas bajo los pilares de los puentes. Y de algunos puentes se dice todavía que fueron construidos por el demonio —a veces en una noche—. Pero también hay la versión contraria, la que hace que el demonio impida la construcción de puentes, buscando que la gente siga pasando los ríos en barca, o, por pasos de piedra en un vado. El demonio hace resbalar al que cruza, lo sujeta en el agua amenazándolo con ahogarlo, y por salvarlo le pide el alma. Hay demonios especialistas, y algunos hicieron famoso en la alta Edad Media a Frankfurt, ciudad cuyo nombre significa Vado de los Francos. Y también hay demonios que no pueden pasar un río por un puente. En la Inquisición renana, se supo que un diablo no era culpable de un crimen cometido en el medio de un puente, «porque es de saber común que el demonio no puede atravesar el río por un puente». En este caso, o natación o vado. Y por si el demonio en el vado acechaba al cristiano, allí estaba Cristobalón, transportista.

En fin, hay demonios que no le tienen miedo al agua, atraviesan el canal y los ríos. Habrá muchos que aprovechan el verano para ir a las playas y a las piscinas. Los más elegantes irán a Saint-Tropez, y aún habrá los que anden a escandinavas por las playas de la Costa Brava o de las Canarias. Y alguno se habrá acercado a Galicia, y nadará en la misma onda en que yo lo hago, «*ondas do mar de Vigo*», caricias de amor en la Edad Media cuando trovaba Martín Codax, un poeta que parece que sabía nadar.

Los mapas de Clam'aorthen

Los mapas de que escribo son los famosos de la antigua abadía de San Brid de Lenri, que pues Brígida aparece con frecuencia ya como mujer, ya como hombre en el santoral irlandés, aquí la tenemos como un ilustre abad barbilampiño que viajaba en los veranos por las que Yeats llamó «las eternas colinas», hasta llegar al Oeste explicándoles a los pequeños ríos lo que era el océano en el que iban a morir, no se asustasen. Los mapas, que todo hay que decirlo, no los vio nunca nadie, salvo algún santo abad de Lenri o algún forastero misterioso, que, queriendo regresar a su país donde lo esperaban mujer e hijos, necesitaba la ayuda de aquel mapa por haber perdido memoria del camino. Abierto el mapa, el forastero hablaba en su lengua, y el país del que era nativo, el país pintado en el mapa, la mayor parte de las veces una isla, le respondía, y le daba los rumbos y diversas señas de otras islas, de escollos y remolinos. Las ideas geográficas de los gaélicos concebían el mundo terrenal como un conjunto de islas, de manera que todos los caminos lo eran por el mar. Weston P. Joyce cayó en la cuenta de que como Irlanda era una isla, de la que solamente se podía salir por mar, los gaélicos creyeron que lo mismo acontecía en todos los otros países, como en la vecina Gran Bretaña, que también era isla, o la última Tule, otra isla... De que los países que figuraban en los mapas de Clam'aorthen hablaban, no hay duda, según el relato de la visita de San Coh, a quien habiéndole sido mostrados los mapas, abiertos en el claustro de la abadía, desenrollados sobre blancas sábanas de lino que sostenían novicios con los ojos vendados, nada menos que el día de Pentecostés, todos los países se pusieron a hablar, alabando al Señor Jesús, cada uno en su lengua. Al fin, tras dar este concierto, callaron todos, y entonces el país de Roma, la isla de Roma, que estaba en el mapa susodicho pintada, rodeada de puentes, en el inmenso silencio de la tarde de Pentecostés, calladas las aves de mayo, las abejas suspendiendo la busca de azúcar en el brezal florido, estupefactos los conejos y el urogallo, los ratones y los hombres, exclamó:

—*¡Agnus Dei qui tollis pecata mundi, miserere nobis!*

No solamente hablaban, sino que se confesaban. Había una isla en el océano, puesta en el mapa en el extremo Oeste, que pidió confesión a San Brid, el cual la encontró tan santa a la isla misma, pequeña y fecunda, y de clima tan dulce, y a sus pocas gentes como una familia cristiana, que el santo, al absolverla, le dijo:

—*¡Ego te absolvo!* ¡Tan limpia como eres, podías ir a jugar con las islas del Paraíso!

Y la isla salió del mapa, se hizo de tamaño natural, se sacudió el agua del mar que quedaba entre sus rocas, y se fue por los aires. Cualquier día regresa, y los grandes transatlánticos y los cargueros que viajan al Oeste o vienen de él, y los aviones que cruzan el aire, la verán posarse en el océano. ¿Y cómo preservar su santidad, impedir que alguien abra allí una sala de cine y una discoteca, y que el turismo internacional se abalance sobre sus playas? ¿No traerá de allá, para impedir que los bárbaros la marchitemos, un ángel armado de una espada de fuego que impida el paso?

En los mapas de Clam'aorthen se podían ver, dice, los sesenta caminos que hay en el mundo, «y como estos sesenta son todos». Y la condición de los caminos del Mar es la misma que la de los caminos de la Tierra, y así los hay anchos y estrechos y tortuosos, y para ir a Tule el camino es una larga cuesta, que fatiga a las naves, por mucho viento que les venga por popa, mientras que el camino que lleva a Tirnagoge va por en medio de un llano de la mar, siempre tranquilo, con mucho saludo de delfines y mucho techo de aves marinas, y donde se cruza el camino de Tirnagoge o de la Florida con el camino que lleva a la isla de Jerusalén, los cristianos se apean del barco sobre las olas y pasean un rato sobre ellas. Pero los paseantes han de ser hombres, que tal alameda les está vedada a las mujeres. Es más, estudiosos de estos caminos, como parece ser que lo fue San Brendan, sugirieron que solamente podían pasar los niños, o aquellos adultos que se llamasen Jonás, a condición de que este nombre no les hubiese sido impuesto en el sacramento del Bautismo con la intención, por parte de padres y padrinos, de verlo pasear sobre las aguas. El que luego el Jonás se exhibiese, era por su cuenta. Hubo uno que llegó, en los días de la primera cruzada, a pie a Constantinopla, y le dieron un banquete y, cuando estaban a la mitad de éste, en el plato de las perdices rellenas, se recordó el Jonás de que había dejado en la mar unas alforjas con pan de su casa y unos zancos de conejo ahumado, y salió corriendo por ellas, pero debió tropezar con algún pez griego y, cayendo, se ahogaría, que nunca más regresó. Yo escribí una vez una historia en la que daba otra explicación, y es que en las alforjas el Jonás llevaba un traje de verde color y unas tenacillas para rizarse el bigote, y, habiendo entrado en la sala donde almorzaba con los grandes del Imperio una sobrina del Basileo, viniendo Jonás de las jornadas de la mar algo rijoso por el mucho ligue verbal con sirenas, salió a ponerse lucido por mejor lograr el tantear de la princesa, y eso lo perdió en las olas. Contaba yo muy detalladamente el destape de la bizantina, y cómo los gaélicos antiguos tenían un lenguaje de bigotes tan variado como el lenguaje de las flores o de los abanicos en los enamorados del pasado siglo.

De demonios submarinos

En primer lugar, según Patai, están aquellos que permanecieron en las aguas durante el Diluvio Universal, sin tocar tierra ni subir al Arca de Noé. Varios de ellos hallaron refugio en la boca de las bestias marinas —como más tarde Jonás en la boca o en el vientre de la ballena (todo este asunto de Jonás está ahora muy discutido, y la verdad es que no quiero explayarme en él hasta que, próximamente, esté más documentado)— y otros lograron encaramarse al Arca, y aun uno de ellos, quizás escasamente dotado para acuático, meterse dentro. En seguida les habló de él. El hecho indiscutible es que no se ahogó ningún demonio durante el Diluvio, y algunos talmúdicos han creído que los más tomaron la suficiente altura para ponerse más arriba del cielo de las aguas. A algunos de los que se sumergieron en las aguas, o flotaron en ellas, les salieron escamas, de las cuales aún no se han logrado librar por completo: escamas rojizas, que especialmente les cubren pies y piernas y los genitales. Uno de éstos fue visto en Italia, concretamente en Pisa, en 1437, y sus pretensiones mayores eran llevarse mujeres a la mar, donde las convertía en amadoras y perfumadas sirenas. Léanlo en el cronista Giovanni Dafiero, en su *Tratado de Invisibles*. Esto les prometía el demonio, cuyo nombre se ignora, a las féminas con las que llegó a íntimo trato. Descubierto por un dominico, huyó a lomos de un delfín, como Aristón, el músico de los helenos antiguos. Dafiero supone que el delfín no sería tal, sino otro demonio que tomó esa forma, y que entre ambos se repartirían las ganancias.

Aquí llegamos a un punto importante: desde los escritores contra brujas del XV se supone que los demonios tienen horror a las naves y a pasar el mar, y, si hacen una larga travesía, será ya bien acomodados en el cuerpo de un humano, con el que han hecho trato. Así, en los procesos de la Inquisición de Lima, en el XVI, algunos de los herejes —muchos portugueses—, que terminaron quemados —Caro Baroja escribió de aquellos procesos—, confesaron que habían pasado a Indias en su cuerpo, pero con más frecuencia en el de sus mujeres, algunos demonios, los cuales se lo habían rogado mucho, y además les habían pagado contante y sonante. Hay que suponer que con monedas antiguas, romanas o persas, o de los días de Cleopatra, que hasta el siglo XVIII, tiempo en el que, según Cabell, hubo una gran reforma monetaria en el Infierno, los demonios no manejaban monedas modernas. Los tháleros de María Teresa de Austria, la moneda favorita de los jeques árabes casi hasta nuestros días, fueron llevados a Damasco y Bagdad, y aun a la India del Gran Mongol, por ricos demoníacos. Por ese mismo temor al viaje por mar sostiene Burroughs que no han sido localizados en Australia demonios mayores ni menores... Como ven, hay algunas contradicciones en el saber de las relaciones entre el demonio y el medio marino. Eso sin tener en cuenta la historia del demonio que logró meterse en el Arca [1].

Este es el gran príncipe, un demonio muy importante llamado Shemnazai. Ustedes saben que Noé prohibió toda relación sexual en el Arca. Apartó a sus hijos de sus esposas, y lo mismo hizo con todos los animales, aves y reptiles. De los animales le desobedecieron el perro y el cuervo, y por ello Noé castigó al perro uniéndolo vergonzosamente a la perra después de la copulación, y al cuervo, haciendo que inseminara a la hembra por el pico, cosa esta última que creían los campesinos hebreos y aún seguían creyendo los judíos de las aljamas de Castilla y de los «pueblos de Dios» de Polonia y de Ucrania. Pero también desobedeció Cam, hijo de Noe, y fue que Cam se enteró de que un demonio, que se había metido en el Arca por un respiradero, convertido en humo, habiendo encontrado dormida a su mujer, se echó con ella y la dejó preñada. La mujer lloraba y Cam se apiadó de ella. Además que de saberse lo de Shemnazai y su mujer, ésta aparecería deshonrada a los ojos de la población del Arca. Así, Cam dijo que no había podido contenerse, y había engendrado en su mujer. Shemnazai se ocultó hasta que el Arca halló tierra en la que posarse, y, cuando los animales salieron de aquélla, Shemnazai salió metido en el macho cabrío. Aún conserva el olor de éste, que no se lo puede quitar ni con toda la perfumería de París.

1. Por si hay quien quiera enterarse de estos asuntos eróticos del Arca, doy una bibliografía para eruditos: *Gen Rab 286, 341; Tanhuma Buber Gen 43; Tanhuma Noah 12; Yer Teanit 64d; Yalqui Reubeni ad Gen VII,* 7, pág. 130. Y, para los no eruditos, Graves y Patai, *Los mitos hebreos, Génesis,* pág. 133, Ed. Losada, Buenos Aires, 1969.

Entre los inconvenientes que se encontraban en la Edad Media para evitar los baños —aparte de que muchas veces, como se prueba con la novela *Flamenca* y otros textos— estaba la presencia constante de demonios que iban a ellos, con mucha pompa de jabón y paños calientes, y entre ellos uno llamado Algabat, el cual tomaba la forma de mujer para ir precisamente al baño de las mujeres. Cuando a principios de siglo comenzó el auge de los baños de mar, Rémy de Gourmont escribió un artículo en «Le Figaro», de París, más bien en contra, y avisando que le había dicho un rabino amigo suyo —creo que el abuelo del recientemente fallecido Kaplan, gran rabino de Francia—, contrario por ciencia médica a los baños marinos, que habría judíos que no se bañarían nunca en Deauville ni en Biarritz por miedo al tentador Algabat.

Las fronteras del mar

«¡Hombre libre, siempre amarás el mar!» Pero el verbo *chéri* del verso del poeta francés tiene un matiz de ternura que lo hace bien más patético. Como si dijese a la vez amar y acariciar. Pero ahora resulta que el mar está lleno de fronteras, y los caminos que conducen por él a los caladeros habituales durante siglos están cerrados a los buques pesqueros. Esto lo siente la gente marinera de gran parte del litoral español, y como la que más, la gente gallega. El gallego, con tan acusado sentido de la propiedad, creía que el mar del Sol, *le Grand Sole,* era suyo, y que allí estaban puntuales las cosechas marinas, esperando sus redes. Las embarcaciones iban y venían libremente. Y algún poeta gallego, como José María Castroviejo, se embarcaba para ver de cerca las costas celtas de allá, las rocas que vuelven loca la brújula, saludar los vientos que allí habitan y recordar los marineros muertos en las grandes tempestades. Era tan nuestro el mar del Sol como la ría de Arosa. Ahora cada barco gallego necesita una licencia para faenar en él, ya no se siente libre en el mar... Tampoco, navegando hacia el Sur, es libre el mar de Portugal. El país de los naufragios, «de las naves y de las flotas» del poema de Antonio Nobre, también nos cierra su mar. De cualquiera se esperaría tal afán de fronteras más que de los lusíadas, nación que tan libremente, tan heroicamente, usó de los mares todos del globo, los mares conocidos y los «nunca antes navegados». Aún no hace muchos años, el que esto escribe vio en Lisboa al Patriarca de las Indias Orientales, cardenal Cereijeira, bendecir los *lugres* frágiles que se disponían a salir a Terranova, al bacalao. Era todavía algo más que una expedición guerrera: los marineros se santiguaban y ponían el rostro al viento para que les secase las lágrimas amargas de las despedidas. Las mujeres y los hijos les decían adioses tiernos, que se mezclaban con el latín litúrgico del Patriarca. En fin, los *lugres* precisan licencias en Terranova, como los gallegos en el mar del Sol. Y en sus aguas se las piden a los gallegos de Santa Uxia de Ribeira o de A Guardia que solían bajar hacia sus costas cotidianamente. Y ya no digamos nada de las aguas del moro, tan inseguras, más por las trapacerías del dueño que por las tempestades. Las familias de los marineros se quedan tranquilas cuando saben apresados los barcos en Irlanda o en Francia, o en Portugal, pero se preocupan e impacientan cuando saben a los suyos prisioneros del moro. Quizá conserven en su almario alguna memoria de la piratería berberisca, que todavía en el siglo XVIII llegaba a depredar en el corazón de las rías nuestras, en Cangas de Morrazo, por ejemplo, dejando a mujeres preñadas y llevándose a cautivos, como un escribano, que se pudo rescatar con sus dineros. Hay marineros gallegos que se quejan de intentos de abusos deshonestos por parte del moro, y los más regresaron a casa sin sus relojes de pulsera... En el ánimo del gallego hay un muy patente asco del moro, eso que poco trato tuvimos con él, y de su estancia en España quedaron entre nosotros unos sujetos a los que llamamos moros, *mouros,* pero que no tienen nada que ver con el invasor del 711. Lo que el gallego quiere decir, llamando *mouros* a los que guardan tesoros en sus castros, es que es gente muy antigua y extranjera, que, por otra parte, habla gallego corrientemente.

Con tanta frontera en el mar, las naves tendrán que amarrar, si las cosas siguen así, y no es de excluir una señalización en el mar como de carretera, con semáforos y stops, y aun autopistas de peaje. Sin duda hay razones válidas para proteger ciertos caladeros y determinadas especies, exigiendo mallas adecuadas e imponiendo cuotas, y uno tiene que dejarse de poéticas y convenir en ello, pero las dichosas doscientas millas son muchas millas, y rozan la apropiación indebida. Quizás esté cerca el día en que no podamos ver, en una tarde calma, salir los pesqueros al mar, los boniteros a la costera en mayo y junio. Ni tampoco, claro es, presenciar su regreso con los vientres abarrotados de peces. Hay como un sueño de hartura en el regreso de cada pesquero, en el canto de la subasta en la rula, en las cestas y cajas en el muelle, como ahora mismo bajo la fina lluvia.* Creo que en Lloret de Mar hay un monumento a la mujer del pescador. Esta gallega que vigila estas patelas vale por el monumento del puerto catalán. Los hombres han llegado del mar, y al margen del fruto de las arduas jornadas en el océano «fértil en peces que dijo el griego, hay la ternura casi maternal del saludo al marido, que, como dice el cantar, «*ven lavado do mare*», viene lavado del

* El artículo iba acompañado, en la revista, de la fotografía de una mujer, de pie en un muelle, rodeada de cestas de pescado. (N. del E.)

mar. Son las horas alegres, sin temor a vientos ni olas, que parece que pueden durar eternamente. Pero el hombre libre, ése que por definición tiene que amar el mar, ha de volver a su oficio. La mujer es la tierra, es de tierra misma, carnal y tibia.

Me ha entristecido, en un paseo por los muelles del puerto pesquero, ver amarrados los barcos que debían estar, a estas horas, faenando en las costas de Portugal, o remontando el Finisterre, camino del mar del Sol. Muelles desiertos, de hermosos días, cuando en el mar no había fronteras. Y repito, paso lo del moro agazapado con su cañonera, y aún lo del inglés midiendo sus millas, pero me duele lo de Portugal, y no por la bondad de los lenguados de su costa, sino por la cantidad y calidad de poesía que el lusitano ha dedicado al mar, por lo que tan libremente lo ha usado, por esa profunda hermandad, y por las canciones que cantan al ver la costa. Ellos que tuvieron y tienen la ternura del mar, no debían impedírnosla a nosotros con duras fronteras.

La natación y adivinanzas

Por mucho que uno atienda a la vida que pasa al lado, y se hace y deshace ante sus ojos, nunca termina de enterarse ni de la mitad. Ahora aprendo en una revista deportiva que el budismo *Zen* del Japón reclamó para sí el mérito de los récords sensacionales obtenidos por los nadadores nipones en los últimos años, y no por el rigor de la ascesis, como parecería lógico, y por la sumisión del cuerpo a una voluntad espiritual de reflexión; se pretende que los campeones de natación japoneses han superado las pruebas intelectuales de la introducción al *Zen,* que son problema sin solución lógica, o quizá sin solución alguna. Por ejemplo, un maestro pregunta:

—¿Quién es Buda?

—Tres libras de lino —es la respuesta.

Este es un *Koan* clásico. Son sólo adivinanzas cuyo profundo sentido hay que desentrañar. Que influya la tranquila inquisición mental del que analiza el *Koan* en el hecho de que éste haga los 100 metros mariposa en unas décimas de segundo menos, desde mi óptica de occidental no me lo explico.

Servidor, como lector del padre Feijóo, creía que natación e inteligencia andaban más bien reñidas. Claro que los ejemplos se refieren más bien a casos excepcionales, como el del peje Nicolau o el hombre-pez de Liérganes. La capacidad de bucear durante un largo rato parece ir acompañada de un cierto grado de cretinismo. Yo he conocido en mi vecino mar de Foz a un buceador, realmente sorprendente, que era un robusto idiota. Lo que se compadece perfectamente con las opiniones del padre Feijoo sobre los hombres-peces y con las apostillas que les pone el doctor Marañón en su excelente libro sobre las ideas biológicas del sabio benedictino. No creo que el hombre-pez de Liérganes fuese capaz de meditar con el menor resultado sobre el *Koan* más elemental. En Génova vivió, domiciliado cotidianamente en el mar Ligu, el famoso Pappaliau, el cual se quedaba un cuarto de hora largo bajo las aguas y pasaba dos o tres días con sus noches siguiendo una nave, y se contaba que una vez acompañó a una desde la ciudad de los Doria hasta Pisa, alimentándose de pescado crudo; eso sí, de vez en cuando le bajaban, atada a un cordel, una botella de vino. Pappaliau era un bobo, que apenas sabía hablar. Cuando lo mandaron recoger en un asilo, donde daba escándalos por su mucha afición a levantarles las faldas a las mujeres, su habitación era un tonel lleno de agua de mar, y en él pasaba lo más de su tiempo. El Perenet de Valencia —hay quien dice que era alicantino— también era idiota, y competía con los delfines, que lo tenían por uno de ellos, en sus juegos. Quizás el Perenet tuviese barba. Cuenta Gómara en su *Historia de Indias* que los delfines del Caribe amistaron pronto con los españoles, que no los mataban ni los comían. Al ver los delfines gente con barba en las playas, se acercaban, pero, si los que andaban por el arenal eran los indios, barbilampiños, que los mataban y comían su carne, huían. (Hay una receta de Apicio que ha sido muy discutida: si lo que se come es carne de delfín, resultaba que los romanos la creían muy buena para las mujeres embarazadas.) Parece ser que el Perenet llamaba a todos los hombres papá y a todas las mujeres mamá, y que con los años su piel se fue cubriendo de escamas. Lo que hacía muy bien era silbar, y canción que escuchaba una vez, canción que repetía al instante. Esto contradice la opinión del veneciano Niccolo Massa, médico especialista en el mal francés, autor de un tratado, *De morbo gallico,* quien dice que los que se bañan en la salada agua marina ensordecían, aparte de tener hijos tontos, calvos, prematuros y con la piel muy alterada. Lo de que los baños de mar producen la calvicie, también lo creían en Bretaña de Francia.

En fin, de un lado tenemos a los budistas *Zen* y las marcas de los nadadores japoneses, y del otro las opiniones del padre Feijóo, el cretinismo de los hombres-peces, a Pappaliau, al Perenet y al de Liérganes, que parece que navegó desde Santader hasta Cádiz. En nuestro tiempo han desaparecido todas las prevenciones contra los baños de mar, y el echarse a las ondas parece ya un bien adquirido por la comunidad que ésta va a conservar. Ahora mismo, los gallegos, que antaño solamente tomábamos nueve baños en septiembre, y por medicina, nos solazamos en las olas. Como el trovador Martín Codax, el único poeta medieval de quien sepamos que se bañaba en el mar, concretamente en el mar de Vigo, y además con su amiga, que debía ser muy blanca y muy hermosa. Pero lo que no logré entender es la relación que pueda haber entre la natación nipona y el *Zen.* A no ser que esta relación sea un *Koan,* una adivinanza de ésas a las que nunca se supo dar respuesta.

El reino sumergido

Me regalan un disco de Alain Stivell, «Renacimiento del arpa céltica», para que me distraiga en las ya breves tardes de otoño. Y el primer tema que interpreta el músico bretón es «Ys», composición suya sobre antiguos temas folklóricos. Ys, como es sabido, capital de un reino en Armórica, fue sumergida por las aguas, y hay eruditos que aseguran que lo fue en el siglo v de nuestra era, y por divinal castigo de los pecados que allí había. Era como una especie de Place Pigalle entre los armoricanos, según unos, pero otros señalan que lo que era el pecado propio de Ys era el incesto, y en especial padres con hijas. Y, aunque Diógenes sostuvo que el incesto era algo que no tenía la menor importancia, el Creador no fue de la misma opinión, y mandó al mar que cubriese Ys en una terrible marea de olas como montañas.

Stivell, en el sobredisco, filosofa un poco, y nos dice que se trata de un tema eterno (Atlántida, Diluvio), que explica cómo el progreso material, sin progreso moral, sin un respeto creciente del hombre por el hombre, conduce a estas grandes catástrofes. En el disco se escucha el mar medrar. Stivell nos confiesa que trata el tema con técnicas nuevas, algunas tomadas del *picking* de la guitarra americana, «para acentuar el carácter universal de la leyenda».

A mí, personalmente, esto de las ciudades sumergidas me interesa de manera muy especial, con o sin música de Stivell, porque, como ha probado el arqueólogo Monteagudo, hay en Galicia más de un centenar de ciudades sumergidas —nosotros decimos en nuestra habla *asolagadas*—. Unas sumergidas por el mar, en horas de insólita violencia, mientras otras yacen en el fondo de nuestras lagunas.

Muchas de las historias que cuentan la sumersión, *el asolagamento,* de las ciudades, han sido cristianizadas. Pasa por Galicia, por ejemplo, en la huida a Egipto, la Sagrada Familia, y teniendo hambre y sed, José va a pedir pan y agua a un zapatero que remienda en un arrabal de una rica ciudad; el remendón niega el zatico y el jarro y, porque José insiste, le tira la lezna del oficio, que le alcanza en un tobillo y le hiere; por cuya herida comienza a manar agua que se multiplica a cada instante, y ahoga la ciudad entera con su torre, su arrabal y su zapatero remendón.

La más importante de nuestras ciudades sumergidas era la llamada Antioquía de Galicia, en la laguna Antela, en Orense. Cuando allá por los años cincuenta fue desecada la laguna por el Ministerio de Agricultura, éramos muchos los que aguardábamos noticias de la Antioquía nuestra *asolagada.* Y no apareció nada. Ni rastros de las murallas, ni de los siete castillos, ni del palomar del Rey, ni de la plaza de armas, ni de la iglesia, cuyas campanas sonaban en ciertas noches, tocadas por no se sabe qué campanero, quizás un humano convertido en sinuosa anguila.

Nunca sabremos quién tocaba las campanas en la catedral sumergida de Debussy. Tampoco sabremos por qué Antioquía fue castigada. Que lo que empareja a todas las ciudades sumergidas es que fueron castigadas por sus pecados. Cosa que, y que me perdone Alain Stivell, no parece haber sucedido con la Atlántida. Parece ser, me contó un día el etnógrafo Taboada Chivite, que hierbas de las riberas de la Antela fueron utilizadas por las brujas del país. O que decían haberlas cogido allí.

A uno le tienta creer que algunas de esas hierbas serían las mismas que menciona en el siglo XVII el médico Jean de Nynauld en su tratado de licantropía y de la transformación y éxtasis de las brujas: hierbas adormideras, otras que hacen contemplar figuras, lo mismo en la vigilia que en el sueño, y sobre todo dos plantas especialmente maravillosas, la *synochitides,* que hace aparecer ante quien la toma —la masca, creo— las sombras del infierno, y la *anachitides,* que permite contemplar los ángeles en plena luz...

El lugar donde la ciudad yacía bajo las aguas, la laguna Antela y su río Limia, pudo ser aceptado por los ojos humanos como lugar bien misterioso. ¿Qué fue lo que les indujo a creer a los romanos, cuando llegaron a aquellas aguas, que aquella lenta corriente era nada menos que el famoso Letheo, el río del Olvido? Quien cruzase el río se trocaría en un amnésico, olvidando su lengua, su patria, su familia. Tuvo, quien mandaba los legionarios, Decimo Junio Brutus, que atravesar el río y desde la otra orilla hablar latín y llamar por los nombres a los veteranos. Y Galicia quedó abierta. Siempre me imaginé que fue la cosa en una mañana de marzo, cuando tan espesas son por allí las nieblas y vuela el avefría.

No había tal Antioquía de Galicia. Al desecar la Antela, perdieron los orensanos unas de sus tapas favoritas: las ancas de rana, que allí daban rebozadas y fritas. Servidor las ha comido en salsa verde y en salsa de perdiz. Perdimos, pues, un mito y un plato. Sólo nos queda recordar que en Ys y en Antioquía, el hombre quiere que Dios castigue los terribles pecados. Renan en su plegaria ante la Acrópolis, dirigiéndose a la diosa de ojos azules, dice descender de padres bárbaros, entre los cimerianos, buenos y virtuosos... Si así fuese, no se hubiera hundido Ys bajo las aguas, ni ahora el suceso estaría en el arpa céltica de Alan Stivell.

El gran remolino

La noticia de la existencia de un gran remolino en el océano, capaz de tragarse las mayores naves, parece ser común a muchos pueblos marineros. El etnógrafo Malinowski la ha encontrado en Polinesia, entre los que él llama «los argonautas del Pacífico Occidental». Los navegantes árabes medievales del océano Indico creían firmemente en la existencia de tal remolino, lo mismo que marinos de Irlanda y de Islandia, quienes lo situaban muy al Oeste. Si griegos y latinos creyeron en Scila y Caribdis, no parece que lo hayan hecho en un enorme remolino en aguas mediterráneas, ni en las peligrosas Sirtes —costa Occidental de Egipto y mar de la Cirenaica—, ni aun en las proximidades de la Ultima Tule, la más boreal de las tierras habitadas, rodeada «por turbulentas y sombrías aguas». Juvenal, hablando de la feliz extensión de la retórica latina por Occidente, exagerando, llega a decirnos que «en Tule ya se habla de contratar a un profesor de retórica». Juvenal compara la difusión de la cultura en su tiempo con la que tenía en otros más antiguos, y sus afirmaciones nos tocan también algo a los hispanos: «Donde había... un estoico cántabro... La Galia ha formado elocuentes abogados entre los britones, y *de conducendo inquitur iam rhetore Thule*». Siempre oscuro el cielo sobre la extrema isla, el retórico tendría que enseñar las flores griegas y las latinas a la luz de una vela, aun a mediodía.

La imagen del gran remolino se ha popularizado desde que Edgar Allan Poe ha escrito su cuento «Descenso al Maelström». Contra la opinión antigua nórdica de situarlo a cien leguas al Sur de Groenlandia, más o menos, Poe ubica el gran remolino cerca de la costa de Noruega. El guía que acompaña al narrador concreta:

—Estamos ahora muy cerca de la costa noruega, a los sesenta y ocho grados de latitud, en la gran provincia de Nordland y en la sombría comarca de Lofoden. La montaña en cuya cumbre nos encontramos es la Helgessen, la Nubosa.

El guía le indicaba al viajero, a quien acompañaba, que mirase más allá, al otro lado del cinturón de vapor que había bajo ellos, hacia el horizonte marino. Poe, o quien fuese el viajero, asiste desde aquella altura a la formación, en el océano, del gran remolino. La descripción del Maelström es a la vez precisa y poética. «El ruido del remolino —nos dirá Poe— apenas es igualado por las más atronadoras y terribles cataratas; este ruido se escucha a varias leguas, y los vórtices u hoyas poseen tal extensión y profundidad que, si un barco entra en su zona de atracción, es inevitablemente absorbido, arrastrado al fondo y despedazado allí contra las rocas. Cuando las aguas se calman, los restos son devueltos a la superficie.» A este vómito del gran remolino se debe la salvación del guía en el cuento de Poe, abrazado a una barrica, atado a ella con unas cuerdas... En fin, lean a Poe y mediten un poco sobre sus opiniones sobre el comportamiento de los cuerpos esféricos y los cilíndricos en la rueda terrible del remolino.

Pero en el gran remolino de los pilotos árabes en el Indico, las naves no eran destrozadas contra el fondo, sino que se posaban suavemente sobre fondo de arena, y alguna, en raras circunstancias, volvió a la superficie, como se lee en un *kitab,* en un *Libro de los mares y de las islas.* Con toda la tripulación que quedaba a bordo ahogada, eso sí. Y se cuenta en el citado libro que la fuerza de expulsión del gran remolino era tan grande que la nave expulsada salía más de cien cuartas fuera de las olas, con lo cual se vaciaba de agua, y al volver a caer en el mar, flotaba como si la acabaran de botar. Se estimaba que era funesto subir a la susodicha nave, o remolcarla, pero en más de una ocasión hubo marineros de Basora o de Ormuz que fueron nadando hacia la nave surgida de los abismos, subieron a ella, dieron los cadáveres de los ahogados al mar y navegaron felizmente hasta un puerto del Califa, haciéndose ricos con el cargamento de especias, canela, pimienta, clavo y todas las delicias orientales que perfumaban las cocinas de Bagdad y de Damasco.

Los polinesios creen, según Malinowski, que el gran remolino lo provoca un movimiento de la gran bestia marina que duerme en el fondo del océano. No se sabe muy bien cuál sea esta bestia, aunque las versiones más comunes le dan forma de serpiente. No solamente al moverse da origen al gran remolino, sino a los maremotos. Los marineros de las barcas polinesias, que pasan por donde se supone que la gran bestia está durmiendo, le echan alimentos. Por ejemplo, un cochinillo. También le cantan y le echan flores.

Pero, desde Poe, para nuestra imaginación, el gran remolino es el Maelström de la costa noruega. Yo creí en él a pies juntillas, y hubiera dado algo por subir a la montaña Helgessen, la Nubosa, a verlo en toda su terrible actividad. Desgraciadamente, parece que, si hay remolinos allí, ninguno iguala al descrito por Poe. Imagínense cuántos viajeros del mundo entero no viajarían a Lofoden a ver, en un mar «oscuro como tinta», el inmenso remolino del océano.

Pleito por un reino submarino

Un historiador normando ha publicado recientemente un estudio sobre el sumergido, *asolagado* diríamos los gallegos, reino de Ys, en Bretaña de Francia, es decir, en el mar de Bretaña. Yo suelo de vez en cuando, quizá los domingos por la tarde, escuchar el disco de Alain Stivell que se titula «El arpa céltica», y el tal comienza con el hundimiento de Ys en el mar, y, antes de que principie el arpa dolorida a decirlo, se escuchan grandes y poderosas olas batir contra las rocas. Es emocionante. Parte del libro de Pierre Beaulieu está dedicado a las pretensiones que al reino de Ys dijeron tener en su día los arzobispos de Rennes, en Bretaña, y de Ruan, primados de Normandía, y cómo hubo pleitos, en los que intervinieron los capitulares de Saint-Ouen, unos canónigos muy ricos, buena cocina, muy etiqueteros, con diezmos y primicias de salmones, y derecho a un sombrero de paja teñido de rojo en los veranos y a llevar tras ellos, en las procesiones, a pajes con sillas de cuero y brazo, en las que de vez en cuando se arrellanaban cómodamente. Una procesión de cuarto de leguas con tales sosiegos duraba desde hora de alba a la hora de entre salmón y sirena, que son las siete de la tarde en el fresco y dulce mayo. Los pleitos de etiqueta duraron en Normandía hasta la Revolución francesa y, en España, todo el siglo XVIII. En Santiago de Compostela también hubo en el XVIII, un pleito sobre quiénes del Cabildo tenían derecho o no a silla en las procesiones. Volviendo a Ys y tras leer a Beaulieu, no se sabe todavía a quién pertenece en derecho, y nadie ha ido a disputarles bajo las aguas la posesión del rico y desgraciado reino a los congrios y los rodaballos más que unos criados de los señores de Kervodec, quienes, según se prueba con complejas genealogías, descienden de Lanzarote del Lago y de la princesa de Fraîcheterre. Los criados de los señores de Kervodec eran anfibios, así como sus perros, de la casta llamada *ganne-oaled* o *ganne-föenme,* descendientes directos del perro joven de Tobías, manchados de rojo en el lomo y bragados en blanco, alegres ladradores, y que, como buenos hebreos, rechazaban las carnes de los animales impuros que vienen señalados en el Pentateuco, con todas aquellas sutiles distinciones del rumiar y la pezuña, etc. No se les podrá llamar a estos canes lebreles, como lo hace Beaulieu, pues no comerían liebre, y, por ende, nunca la cazarían, atendiendo a la impureza notoria de la liebre en *Deuteronomio,* XIV, 7. ¡Pensar que ningún mosaísta ortodoxo haya comido nunca un civet de liebre!

Volviendo a Ys, ¿a qué bajaban al reino sumergido los criados de los Kervodec? Pues a cobrar tributos, y precisamente el día 29 de junio, festividad de San Pedro. Los tributos del reino sumergido consistían en oro, una piedra preciosa cada seis años y dos sacos de hierbas medicinales —algunas de las cuales han sido estudiadas entre nosotros por el catalán Joan Perucho—. El oro estaba amonedado con la efigie y el título del Rey Arturo, *rex perpetuus et futurus Britanniae,* y la piedra preciosa venía dentro de un pez, que se comía en la mesa de los Kervodec después de haber contado el oro y haber clasificado las hierbas medicinales submarinas, y repartidas a los enfermos de Bretaña que esperaban su llegada para ser curados de sus dolencias. Llegaba el pez asado, lo partían, y aparecía la piedra en un lugar por la parte de las agallas. Todos se sorprendían, como el rico Rey griego cuando apareció su anillo en el gran salmonete. Algunos eruditos, de ésos que lo quieren aclarar todo, dijeron que lo de la piedra preciosa en el pez, era, en Bretaña, copia de la fábula griega. Nadie sabe adónde han ido a parar las piedras preciosas de los Kervodec de la Edad Media, máxime teniendo en cuenta que los Kervodec de la Edad Moderna fueron gente pobre, pequeños terratenientes, siempre discutiendo que podían probar más apellidos de nobleza que los Châteaubriand, y, finalmente, cazadores furtivos. Un año —hay quien estima que el de 1372—, los criados y los perros de los Kervodec no regresaron de debajo de las aguas.

Antes de que Ys desapareciese bajo las aguas ya había desaparecido el reino de Fraîcheterre, el de la princesa que tuvo amores con don Lanzarote. Este paladín era ya anciano y la princesa casi una niña. Estuvieron toda una tarde jugando a hacer nudos y deshacerlos con cordón de plata, y, sin haber más, de este juego quedó la princesa preñada. Los arzobispos de Rennes enviaron, en distintas épocas, expediciones para ver de localizar la catedral de Fraîcheterre, en la que es fama que están los huesos de los doctores que discutieron con el Niño Jesús en el Templo. Junto a los huesos están las orejas de ellos, como cuando eran vivos, pues que por ellas había pasado la palabra del Señor y la carne no se pudo corromper. Ya pensaban los prelados de Rennes en construir una iglesia donde pudieran venerarse aquellas orejas santificadas por la palabra del Salvador, y ya contaban, cuento de la lechera, las grandes rentas de las romerías. Pero nunca se logró averiguar hacia dónde caía Fraîcheterre en el mar de Iroise.

Servidor de ustedes, despreocupado y dado a la poética, se contenta con escuchar el mar en el disco «El arpa céltica», de Alain Stivell: el mar siempre recomenzando, con las ruidosas olas tragándose el reino de Ys, dulce tierra siempre vestida de verde, amada antaño de la oropéndola y adornada con la vinca. Las orejas de los doctores del Templo de Jerusalén serán como otras más caracolas marinas posadas en las finas arenas de las playas de allá.

Las islas del Cuarto Libro

Es decir, el mar y las islas del *Quart Livre,* de los hechos y dichos heroicos del buen Pantagruel, escrito por mestre Rabelais. El primer viaje de Pantagruel por mar se hizo paro ir a ver al oráculo de la Diva Botella Bacbuc. Doce eran las naves de la flota de Pantagruel, y en la almirante izaba éste por insignia una enorme botella, la mitad de plata, bien pulida y lisa, y la mitad de oro esmaltado, de rojo color. Así la botella denotaba que allí se bebía blanco y tinto. Antes de levar anclas, y temiendo tempestad en el mar, todos los viajeros bebieron durante varias horas hasta reverter, y ello con la intención de que durante la travesía nadie sintiese mareos, ni vomitase, si tuviese perturbación alguna de estómago ni de cabeza. Rabelais, el autor, que había estudiado Medicina en Montpellier, comenta que se hubieran ahorrado esta colosal ingestión de los grandes vinos, bebiendo desde algunos días antes de la partida agua de mar pura, o mezclada con vino, con corteza de limón o granada, u observando una larga dieta, o poniendo papel sobre el estómago.

El oráculo de la Diva Bacbuc estaba cerca de Catay —es decir, China—, «en la India superior». Pantagruel, siguiendo el consejo de su piloto mayor, decidió en su navegación no seguir la ruta de los portugueses hacia las Indias Orientales, «que, pasando la zona tórrida y el cabo de Buena Esperanza en la punta meridional de Africa, más allá del equinoccio, y perdiendo la guía del eje polar septentrional, hacen una navegación enorme». Pantagruel decidió pasar a la India Superior por el Noroeste, sin aproximarse al mar Artico o Glacial, por miedo de ser retenido por los hielos. Hicieron, pues, el viaje por esta ruta, sin naufragios ni peligros en menos de cuatro meses, mientras los portugueses tardaban tres años por su camino. Esta ruta es la primera mención de la búsqueda de un paso por el Noroeste hacia Catay, hacia el Pacífico. Sorprendido de este hallazgo, Rebelais se va a burlar de sí mismo, diciendo que esta ruta de fortuna fue la que usaron los indios cuando decidieron viajar a Germania, donde fueron honorablemente tratados por el Rey de los suecos. ¿En qué época? Pues en los días de los romanos, ya que, cuando los indios llegaron a Germania, la actual Alemania, era procónsul de Roma en las Galias, la actual Francia, Quintus Metellus Celer, «como lo escriben Cornelio Nepote, Pomponio Mela y Plinio después de ellos». De hecho, este imaginado viaje de los indios a Germania estaba inspirado en los llamados indios de Ruán, que fue que unos balleneros encontraron en el mar de Iroise, al Sudeste del Gran Sol, una canoa con dos tripulantes muertos, vestidos de pieles y tocados de plumas, con cuyos trajes se hizo uno para una imagen de santo de la catedral de Ruán, unos dicen que San Martín, otros que San Juan Evangelista, y que allí fue venerado el santo vestido de indio canadiense hasta la Revolución de Francia. Hay textos.

La ruta seguida por Pantagruel y sus doce naves estaba llena de extrañas islas, como la de Chéli, en la que reinaba el Rey santo Panigon, y las de Tohu y Bohu —de la Confusión o del Barullo—, y de la Farouche, antigua residencia de las Andouilles —de los Embutidos o de las Longanizas, como quieran—. Más allá estaba la isla del Viento —lo que le permite a Rabelais glosar el refrán que dice, y es de gente de mar, «que pequeñas lluvias abaten grandes vientos»—. En cada isla, Pantagruel encuentra lo suficiente para sus desayunos, almuerzos y comidas, y ya saben que era hombre de apetito proporcionado a su gigantesca talla. Recuerden que un día quiso ensalada y salió a la huerta a buscar lechugas, que eran del tamaño de árboles, y bajo las cuales se habían echado a dormir unos peregrinos de Nantes. Los cuales fueron con la lechuga a la fuente, y Rabelais los metió en la boca, aunque hubo de escupirlos, por duros, y uno de ellos con su bordón le tocó una muela que tenía cariada, lo que le produjo al héroe rabelaisiano enorme dolor, y le obligó a beber un gran trago, con el cual estuvo a punto de ahogar a los peregrinos, quienes al fin, con el enjuague, cayeron a tierra y huyeron...

Conviene subrayar que la descripción del mar y de sus tempestades es cosa muy moderna, y Rabelais, por lo tanto, nada nos dice del paisaje marino, del alba en el mar, de los largos ponientes, ni siquiera de las aves marinas en las proximidades de las islas, cuyas disparidades le sirven para su varia crítica de las cosas y los saberes. Desde el capítulo XVIII hata el XXIII se nos cuenta de una gran tempestad en el mar, pero excepto unas veinte líneas para decirnos en el XVIII cómo estalla: «Repentinamente, la mar comenzó a hincharse y a hervir desde el fondo de los abismos, las olas batían los flancos de los navíos; el mistral, acompañado de un torbellino desenfrenado, de negras borrascas, se puso a silbar a través de los cordajes, relampagueaba, llovía, granizaba, el aire perdía su transparencia, se hacía opaco, tenebroso, oscuro...»; el resto de los capítulos está dedicado a decirnos cómo la pasaron Pañurgo y fray Juan, y «un breve discurso sobre los testamentos hechos en mar». Con toda su brevedad, y aunque en ella se deslice algún tópico antiguo, esa descripción de la tempestad por Rabelais es insólita en las letras europeas del siglo XVI, y tiene un algo de veracidad de la *terribilità* de las tormentas marinas, bien que sepamos que Rabelais nunca salió al mar, ni que haya visto más agua marina que la de Narbona. Aunque el mar de Narbona haya sido un mar de naufragios. Ese viento mistral que ha conocido en Montpellier. ¿Nos está Rabelais diciendo de la mar una tempestad que ha conocido en tierra?

En fin, en cada isla hubo sus banquetes, y las copas estaban recibiendo constantemente vino. Las islas, ya dijimos, con sus diversos regímenes y costumbres le sirven a Rabelais para su crítica del mundo y para la carcajada, mientras va navegando de una en otra por la ruta de fortuna del Noroeste, camino de Catay y de la India Superior. Esta ruta de fortuna es verdadera novedad. Pero al almirante Pantagruel se le da un pito de la navegación, que lo que quiere es filosofar, comer, beber y combatir monstruos sopladores. Y, cuando la tempestad termina, recuerda que se llamaba Tempestad un gran latigacizador de alumnos del colegio Montaigu, con lo cual reduce toda la mar a una anécdota escolar.

Fabricantes de islas

Un poeta francés del primer cuarto de este siglo, Jean Paul Toulet, solía escribir hermosos poemas jugando con nombres eufónicos de la toponimia de su país, y con otros exóticos. Le gustaba, por ejemplo, el nombre de la villa de Coutances, y así escribió un día que no hay un buen verso:

... en France
si ne parle pas de Coutances!

Usó muchas veces el nombre que los europeos dimos en el Medievo a China, Catay, pero que en francés, agudo, suena mejor, como si se nombrase un pájaro: Cataí... Y en uno de sus poemas le pregunta a una princesa de allá, que viaja a Europa en un paquete de les Messageries du Levant, si ha visto Budrubuldur. Como sabrán, provincia y ciudad que se ha dudado, durante mucho tiempo, que existiera, perdida en tranquilas mañanas marineras en los confines de la China, con sus torres de porcelana y sus jardines de flores somnolientas. Se aseguraba que en el mar de Budrubuldur había islas navegantes, que ya se acercaban, ya se alejaban, conforme a las mareas de allá. Los portugueses de las *descobertas* de los días de Vasco de Gama y de Camoes en Macao, «procurador de ausentes y difuntos», anduvieron muy curiosos de estas islas, y llegaron a saber que eran treinta y dos, y se hicieron eco de la fábula de su origen. Que era éste como sigue:

Una gentil dama de allá, de la familia imperial, vio salir un día a su amante al mar, con un recado secreto del Emperador para el padre de los grandes dragones del océano. Esos recados eran de rigor cuando un Emperador de China mandaba una flota al mar, y por ellos se advertía a los dragones marinos que la expedición no iba contra su poder, soberanía y libertad. Los dragones marinos se daban por satisfechos, y no levantaban tempestades mientras las naves de China estaban en el mar. Un Emperador que, allá por el siglo XIII, mandó una flota contra el Japón, se olvidó de avisar a los dragones, los cuales, sintiéndose amenazados, y con sus inmensas colas batieron el mar, levantaron enormes olas, soplaron y crearon terribles vientos, y ni una sola nave china regresó a puerto. El matrimonio Latimer nos ha contado que, en la Cancillería imperial, en Pekín, hubo, hasta la caída de la última dinastía, un secretario letrado especializado en las formas de cortesía que había que usar en las cartas que el Emperador dirigía a los dragones marinos. Como estas formas nunca fueron publicadas —por secreto de Estado, claro es—, hubo gente que quiso inventarlas, como en nuestro tiempo ese gran escritor irlandés, lord Dunsany, el centenario de cuyo nacimiento estamos celebrando. Pero, volvamos a la gentil dama. Esta tenía en Budrubuldur un jardín que daba sobre el mar, y no pudiendo enviarle cartas con suspiros, como desaba, decidió echar a la mar macetas de madera en las que florecían las más bellas plantas de su jardín.

Allá se fueron las macetas por las olas, llevadas por las corrientes, y a cada maceta se fueron uniendo hierbas marinas y algas, y aves hicieron su nido en ellas, y al poco tiempo cada maceta era como una pequeña isla en el vaivén de las olas. Y fueron creciendo y creciendo hasta hacerse islas de verdad, las islas de verdad que desde el paquete de les Messageries du Levant veía en el horizonte la princesa viajera. Y recibía su perfume.

Habrán leído ustedes en Borges de los magos de Islandia, quienes entendían el lenguaje de los pájaros y eran capaces de hacer surgir tierra del fondo del océano, y tal tierra servía de isla para que en ella invernasen los viquingos, esperando mayo para volver a las osadas navegaciones. Cuando los viquingos se hacían a la mar, la isla creada por los magos volvía al fondo del océano. Si se interpreta bien cierto pasaje de una saga, los viquingos, antes de zarpar, le agradecían a la isla, obra de magia, el cobijo que les había dado. El ritual consistía en quemar sobre ella una nave de las suyas, y dar muerte y enterrar a un guerrero célebre, cuyo nombre servía, en los anales, paa designar la isla.

La fábula del Rey de Irlanda, que logró que Dios le regalase una isla, es conocida. El Rey tenía siete hijas, pero no tenía más que seis ciudades, con lo cual una de sus hijs, la hija menor, se quedaría sin dote. El Rey le pidió a su niña que se metiese a monja, pero ella, como la niña del romance nuestro, se quería casar:

Yo me quería casar
con un mocito barbero,
y mis padres me querían
monjita en un monasterio...

El Rey lloraba, y un día en que estaba más triste que de costumbre, su ángel de la guarda le puso una mano en el hombro derecho, y le habló. Le dijo que estaba seguro de que el Rey inventaba un nombre para una isla, y a Dios le parecía que el tal nombre era hermoso, que pondría una isla en el mar que se llamase así, y que la podía dar de dote a la hija más pequeña, tan insistente en casar. El Rey lo pensó durante un año, y al final dio con un nombre, Tirnagoescha, es decir, Tierra de los Pájaros Sonrientes. A Dios le pareció muy bien, y un día de abril apareció esa isla en las costas de Irlanda, en sus bosques volando pájaros que sabían sonreír.

Estas son noticias sobre cómo se han podido fabricar islas en los mares. Quizás alguna de las islas estables que están hoy en los mapas nacieron de este feliz modo.

Por el mar de China

Es muy escaso el papel que juega el mar, el océano Pacífico, en la literatura china. Apenas hay descripciones de viajes marítimos, de tempestades o de naufragios. Y sólo uno de los mayores poetas de allá, Su Tungpo, «un genio alegre», nos ha dejado alguna descripción, de los días de su destierro, de una playa desierta en la que contempla cómo sube la marea, o sobre el vuelo de las aves marinas que le parecen venir de muy lejos, con el viento: desde Fusang, es decir, las islas del Japón. Una vez también merece su atención una gran nube roja que al atardecer se tiende sobre el horizonte, y hacia la que navega un barco con una enorme vela hinchada, como el vientre de una mujer preñada. Hay muchas descripciones chinas de marchas de ejércitos hacia el Norte nevado, o hacia el Sur, cruzando selvas y ríos, pero del mar poco se cuenta, salvo que es el invernadero del enorme dragón de ocho alas. El sabio chino, tan capaz de contemplar los mil y un matices de la tierra, los cultivos y las estaciones, el color y la forma de las nubes en las montañas y de los ciruelos y los macizos de crisantemos, la delicadeza de movimientos del bambú y de la elegante bailarina, parece incapaz de ver en el mar más que la enorme monotonía del horizonte. Y en cuanto a peces, salvo las famosas aletas de tiburón o los nidos de salangana, la golondrina marina, hechos de algas, preferirá siempre los peces de los ríos y de los lagos: por ejemplo la carpa, que tantas veces aparece como cena en las tertulias de eruditos que se reúnen a discutir de manantiales, de piedras raras, de clásicos, de caligrafía y de historias antiguas, mientras se emborrachan lentamente. Antes de irse a la cama suelen asomarse a contemplar la luna. Chang Chao y otros nos han dejado instrucciones de cómo hay que ver la luna en tiempo sereno y o brumoso, si llueve o cuando ha dejado de nevar y queda el cielo limpio.

Lin Yutang explicaba que era muy difícil que la botánica y la zoología adelantaran en China, porque lo primero que hace un chino ante una planta o un animal desconocidos es preguntarse si son comestibles. El puerco espín, por ejemplo. El chino consideró que el puerco espín era venenoso, pero insistió con él en la cocina. En el siglo XVI, un tal Chang Tai halló la fórmula para preparar el puerco espín y que no hiciese daño. En la cocina de los Ming solamente se distinguían unos doce peces, y después de todo no eran muy apreciados. En tiempos de Su Tungpo, los sabios apreciaban de manera especial los cangrejos de río y las huevas de algunos peces, pescados en la desembocadura del río Amarillo. En los platos de pescado abundaba siempre el jengibre, y no se regateaban las especias picantes, especialmente con las anguilas. Puede decirse que solamente un pobre pescador, que no tenía dinero para comprar especias en el mercado, ha sabido, en China, lo que era el verdadero sabor de un pescado, que casi siempre comían simplemente hervido o sazonado con hierbas. Se creía que la alimentación a base de pescado estropeaba la piel de las mujeres. Sabida es la afición del chino al cerdo, y al lechón asado especialmente. Pues, uniendo gula y erotismo, el chino ha solido comparar la piel de una mujer hermosa con la de la barriga del cerdo de leche. Finalmente, hay que decir que el pescado frito que se vendía en las calles de Pekín y de las grandes ciudades por vendedores ambulantes —también vendían perdices fritas—, era pescado de río.

El océano, según investigaciones antiguas chinas, tiene siete pisos de agua, cada uno diferente del otro en salinidad, ligereza, claridad y habitantes. El dragón está en el piso más profundo, aquél que toca el lecho de roca del océano. El dragón del océano hace mucho tiempo que se durmió, pero un día despertará, y hará mucho daño, pero es seguro que no llegará a dominar el mundo. En cambio, en el cuarto piso del océano, está el pez por antonomasia. Antaño, los peces, con su gran rey, dominaron la tierra y sometieron al hombre a esclavitud. Un día los hombres se sublevaron, y armados de espejos —que los peces confundieron con el agua—, lograron derrotar y encerrar a los peces en ellos, menos a su gran jefe, que estaba disfrutando de la primavera en los jardines del cuarto piso del mar. Viviremos tranquilos mientras los peces estén en el fondo de los espejos, pero Jorge Luis Borges ha recogido unas noticias chinas en su *Zoología fantástica,* según las cuales, si en silencio se mira con atención durante horas el fondo de los espejos, se ve a un pez que allá, en la bruma lejana, se mueve lentamente. Es el pez derrotado que busca cómo salir de su prisión y volver a combatir a los humanos. Parece ser que esta vez seremos derrotados y presa de los peces, quienes nos gobernarán «en inmisericordia, tiranía e injusticia», por los siglos de los siglos. Alguien ha sugerido la posibilidad de una alianza de los humanos con el gran dragón del fondo del océano. Pero, ¿quién puede descender hasta él para poder despertarlo?

De otras cosas del mar, el chino supo que había arañas marinas, en cuyas telas caían los peces, y que hay peces eruditos, que viajan con su pluma y su pastilla de tinta, apuntando todo lo raro y curioso de los mares. Hace tiempo que leí un libro, prolongado por el norteamericano Latimer, autor de una *Historia de China* muy conocida y no recuerdo título ni nombre del autor, en el que se contaba que los jesuitas europeos que fueron a Catay en el siglo XVIII se sorprendieron, el padre Ricci por ejemplo, de la ignorancia de los chinos sobre el mar y sus cosas.

Las naves de agua dulce

Días pasados ha dado una conferencia en El Ferrol un joven ingeniero naval sobre su proyecto, muy estudiado, de llevar, en grandes barcos, agua de los ríos gallegos de la vertiente atlántica, a las islas Canarias. Es decir, aguas del Tambre, del Umía, del Ulla, del Miño..., con las cuales aguas se aplacaría la sed perpetua de aquellas islas. Yo no veo que los gallegos tengamos nada que objetar a la recogida de aguas de nuestros ríos caudales antes de que se las beba el Océano. Pero me viene ahora a la imaginación que los antiguos celtas, inventores de islas navegantes, Las Floridas, las islas de la perpetua primavera y de la fuente de eterna mocedad, hubieran procedido de otro modo que el susodicho ingeniero naval: hubieran hecho que las islas Afortunadas se desprendieran de su asiento y navegaran, con ayuda de corrientes felices, hasta la costa gallega a hartarse de beber en la desembocadura de los ríos nuestros. Ya se buscaría el procedimiento; los celtas tuvieron ríos que iban por el aire, y en aquellas corrientes refrescaban a la vez las hadas y las aves. Repleto su vientre de agua dulce, las Canarias viajarían hacia el Sur, al lugar en que figuran en los mapas. Lugar que podía ser modificado trasladando las islas más al Oeste, probando, de paso, la teoría de Wegener sobre la deriva de los continentes, con lo cual es evidente que daríamos una solución mágica, pero positiva y real, al problema de africanidad geográfica, haciéndolas atlánticas.

Los antiguos reyes de Irlanda y Arturo de Bretaña, con la ayuda de Merlín, cuyos saberes tanto respetó el consejero Goethe, dieron soluciones mágicas a muchos problemas concretos haciendo real lo soñado, como afirmaba uno de los grandes soñadores de todos los siglos y de quien se cumple ahora el centenario de su nacimiento: lord Dunsany. Reyes que soñaban con nubes cargadas de agua para con su lluvia vestir de verde las colinas patrias, y uno, poderoso, cuya enorme barba plateada podía cubrir todo su reino para librarle del pedrisco de las grandes tormentas veraniegas. Bajo su barba protectora, sus súbditos segaban, manejaban y aventaban el centeno, y regresaban de las tierras de pan llevar, a sus casas, cantando alegres canciones, canciones vestidas de amapolas, de felices amores juveniles y de aves de colores. Canciones que nunca mentían.

Un aspecto de la, por decirlo así, emigración de aguas gallegas dulces a las islas Canarias que habría que estudiar es el de si nuestras aguas, las aguas de nuestros ríos, serán las más indicadas para regar aquellos valles y aquellos llanos y dar de beber a las plantas y a los árboles de allá, acostumbrados como están a otras hierbas y a otras diferentes arbóreas tribus fluviales. El agua en la que beben las raíces de nuestros árboles más propios, el roble, el castaño, el abedul, podría no servir para el antiguo y fabuloso trago, para el pino canario, para los plataneros... El agua gallega, acostumbrada a regalarnos con nieblas, ¿sabrá renunciar a este fantasma húmedo cuando llegue a las islas Canarias? Y supongamos que allí purifiquen el agua nuestra y la hagan apta para el consumo humano. En el cuerpo del canario más natural, ¿este agua no condensará esa otra niebla del alma que aquí conocemos con el nombre misterioso de *saudade*? Un agua nuevo, de lejanas y distintas fuentes, puede dar un hombre nuevo. Aparte de cambiar el sabor de los frutos de allá.

Que entramos en una nueva época de la historia, la del transporte general del agua a grandes distancias, no cabe duda. Ya hay muy precisos estudios para llevar desde la Antártida al desierto de Arabia, por medio de las flotantes montañas de hielo, agua abundante para los señores del petróleo. En un par de meses, un gran iceberg llegaría desde el extremo sur del mundo a las costas arábigas. Parece que en Africa grandes ríos pueden ver cambiado su curso por la mano del hombre, buscando convertir en tierras regadías grandes llanuras que antaño fueron fértiles y hoy son estériles. Y así lo más fácil será el llevar agua en grandes naves cisternas desde Galicia a las Canarias. Me gustaría saber, si esto se lleva a cabo, que los canarios hacen una gran fiesta al agua gallega cuando llegue a sus islas por vez primera. Me gustaría que se eligiesen con cuidado la primera planta que se ha de regar con ella y la primera mujer que ha de mojar su rostro y sus manos en nuestras aguas. Una mujer hermosa, claro, y con un mirar dulce. O podía intentarse el milagro de que una mujer de alma pura y soñadora, pero desgraciada de rostro, lavándose con agua gallega su cara se hiciese perfecta y luminosa como la de las grandes enamoradas de antaño. En fin, vamos a ver qué pasa.

Pero hay que aprovechar esta ocasión para deplorar el que la barbarie científica de los últimos siglos haya acabado con las grandes soluciones mágicas, merlinianas, que decíamos al principio: la navegabilidad de las islas Floridas o Afortunadas del Atlántico. Islas barandaranas. Luminosas al mediodía, pobladas de gentes felices y siempre jóvenes. Islas musicales. Una noche serena, «serena noche, tranquilamente. Unos monjes de un monasterio del Atlántico occidental escucharon un concierto de pajarería nunca hasta entonces oído: era la isla de Tirnanoge que se acercaba para facilitar el paso a ella, a mediados de julio, de enjambres de abejas que dieran en las colmenas dulce miel. Recordando esto, uno tiene derecho a solicitar que vengan por agua a Galicia las Canarias con viento de popa. Que vengan a la ribera gallega del océano.

Las fecundantes olas

Hay una playa en mi Galicia, abierta al Océano, en la que las olas que llegan a ella el día de Nuestra Señora de Septiembre tienen el poder de hacer fecundas a las mujeres. Me aseguran que a la playa de A Lanzada nunca tantas mujeres acudieron a tomar las nueve olas fecundantes y benéficas, y no sólo mujeres campesinas, de tierra adentro, con sus grandes camisones blancos, que también mujeres de las ciudades, con el sólito bikini. Y sorprende que, a estas alturas del siglo, cuando el anticonceptivo impera, tantas gallegas aspiren a ser madres gracias a la potencia viril del mar. A la misteriosa y mágica potencia del mar, que para las gentes célticas de la ribera oceánica es un dios, el grande y barbado Llir, cuyo nombre reaparecerá en una de las horas más altas de la literatura universal, nombre de rey, el rey Lear de la tragedia shakespeariana.

En Galicia, algunos quisieron hallar su nombre en una cantiga del rey don Dinis de Portugal. El rey de los lusitanos manda construir barcas en Lisboa «sobre lo ler». Pensaban mis paisanos que «ler» era el nombre del mar; es decir, del dios del mar. Sir Lear, que daba su nombre al mar. Pero Corominas y otros nos demostraron que «ler», como *giera, llera,* Laredo, designa una playa abundante en guijos, y así, en la cantiga del rey don Dinis, las naves se hacen en playa pedregosa lisboeta:

En Lisboa sobre lo ler
barcas novas mandei facer!

Pero no hay duda de que sería hermosa cosa el que el nombre céltico del dios del mar, del Poseidón del Atlántico, se hubiese conservado en nuestro romance hasta el siglo XIII. En fin, quien sea, en el mar, tiene el poder magnífico de engendrar, y al parecer, de engendrar varones, si va a tomar el baño de las nueve olas mujer que hasta entonces solamente ha parido hembras.

Quiero confesar aquí que siempre he querido saber si el niño o niña que veía en cualquiera de las villas y aldeas de la ría de Arousa era el resultado de una peregrinación septembrina de su madre a la playa hermosa, A Lanzada. A veces he preguntado, en Cambados, por ejemplo, si había por allí mujer que hubiese ido a Lanzada y a los nueve meses hubiese tenido descendencia. Porque se me había metido en la cabeza que estos hijos logrados del marido con la ayuda del mar tenían que tener algo, una seña, un gesto, un acento, que los distinguiese de los otros frutos matrimoniales. ¿No hay ese rayo verde en el crepúsculo vespertino cuando el sol se pone en el horizonte marino? Pues podrían, en un momento dado, tener ese relámpago verde en la mirada. O en la voz el eco del canto lejano de las sirenas. Ya a mis años, hipersesentón, no me queda tiempo para realizar esta investigación, y he de fantasear, aceptando de entrada que sea en los ojos donde se les conozca la mágica de su engendramiento a estos niños atlánticos.

En mi país hay historias en las que el papel principal lo juegan una mirada extraña o unos ojos. Por ejemplo, en el siglo pasado, en un velero del tráfico de la salazón, vino a Galicia, a una villa de la ría de Arousa, una novia catalana, Eulalia Dalmau. Su prometido no la conocía, lo que sucedía con bastante frecuencia, los catalanes de las salazones hacían venir a sus novias desde Cataluña, y pasó mucho tiempo antes de que matrimoniaran en el país, con las luces gallegas. En fin, llegó Eulalia Dalmau a casar con un Llorens, y era una mujer muy hermosa, con unos ojos azules como nunca habían sido vistos otros parejos en la región. No se hablaba de otra cosa que de los ojos azules de Eulalia, y las gentes buscaban la ocasión de admirarlos. Y no se sabe cómo, un buen día, comenzaron mis paisanos a considerar que los ojos azules de Eulalia eran benéficos y traían sus niños enfermos para que Eulalia los acariciase con la serena mirada de sus azules ojos. Y muchos niños curaban. Por lo que he oído hablar de Eulalia, yo escribí una vez en su honor unos versos en lengua catalana. Era la hora de la llegada de Eulalia a una playa gallega:

Eulalia, ben vinguda!
Aquet matí la boira es blava...

Poco más recuerdo, salvo el final, cuando los gallegos en el arenal se preguntaban si habían vuelto los días de las sirenas.

También podía contar de un tal Pedro de Bonzar, quien vareando un castaño vino un erizo a caerle en el ojo izquierdo. Tuvieron que vaciarle el ojo. En un viaje que hizo a La Coruña le contaron de un oculista que ponía, a los que estaban en el caso de él, unos hermosos ojos de cristal. Allá se fue Pedro al oculista, el cual le mostró los ojos que tenía, *made in Germany,* buscando uno que hiciese pareja con el ojo sano de Pedro. Y por curiosidad le mostró al de Bonzar un ojo que tenía en una cajita, y que era del color de la violeta, encargo de una señora de Betanzos, que se murió antes de que llegase el ojo desde Alemania. Y aquel ojo se le antojó a Pedro, y lo compró. Y así andaba con el ojo suyo castaño oscuro y con el postizo violeta. O, como decía en la tapa de la cajita en que estaba en algodón, del color de la Vinca Pervinca L.

Pedro fue muy admirado en su aldea, especialmente en las semanas siguientes al estreno del ojo nuevo, y a la salida de la iglesia los días de fiestas de guardar. Y aconteció que alguna mujer embarazada quiso tener el hijo con los ojos del color del postizo de Pedro y fue a visitar a éste, el cual, después de pensarlo mucho, decidió que lo apropiado era colocar el ojo en el ombligo de la preñada, mientras ésta rezaba siete avemarías. La nueva se corrió por la comarca y Pedro tuvo muchas visitas. Cobraba cinco duros por sesión por desgaste del ojo y por amortización del capital invertido. Y a fuerza de los antojos de preñada muchos niños, en aquellas aldeas, nacieron con los ojos del color de la Vinca Pervinca... Pues algo así, un ojo, un destello, podría hacernos saber que ese niño que está ante nosotros es un hijo del Océano.

Sobre antiguas navegaciones y viajeros ilustres con las últimas nuevas del Holandés Errante

El Holandés Errante

Un erudito flamenco, nacido en Harlem, esa ciudad que, en un breve poema, que va al final de este artículo como regalo, retrató en su *Gaspard de la Nuit* el poeta Aloysius Bertrand, ha escrito la crónica de las puntuales apariciones, en diversos lugares del planeta, y desde el año 1614, del Holandés Errante. El erudito se llama Michael van der Veen, y ha sido discípulo del maestro Huizinga. Un amplio apéndice documental a la historia de las fugaces apariciones del vagabundo, apenas deja lugar, en el curioso espíritu del lector, para la duda.

En el año 1731 el Holandés entra con su navío en el puerto de Génova, y un viejo marinero ligur lo reconoce: bebió con él en Lisboa en el año 1689, y a los cuarenta y dos años pasados, lo encuentra tan joven, el mismo negro pelo y la misma inquieta melancolía. A la justicia genovesa llegan rumores de la brujería, y el Holandés, al alba de una mañana de tempestad, huye. Pero, en 1718, ha sido visto en Saint-Maló: enamora a la hija de un consejero de la Cámara de Cuentas, la rapta y meses más tarde la abandona en una playa próxima a Boloña; la niña morirá loca, gritando que viene «el hombre que quema». En 1736 está otra vez en Lisboa, y viene de Nueva España: visita a una mujer en la Rúa dos Franqueiros, a la que trae noticias del marido, dueño de un mesón en Veracruz. Enamora el Holandés a todas las mujeres y a primera vista, pero la portuguesa, que tiene un amigo negro, quiere asesinar al Holandés para robarlo; el negro apuñala al Holandés, pero la afilada hoja se quiebra como frágil cristal contra la carne del Errante, y el negro huye enloquecido, gritando, y la mujer, al ver descubierto su engaño, se ahorca. El Holandés desaparece con el viento. Tajo abajo... Casi todos los que entran en contacto con el Holandés Errante se vuelven locos, y nunca se sabe cuál será el suceso que ponga fin a su desventurada peregrinación. ¿Cómo será rescatado? El señor van der Veen se atreve a señalar que «una sangre inocente, voluntariamente derramada por él, dando vida por vida», puede ser el precio del rescate. Pero, en 1751, todavía el Holandés Errante no ha sido rescatado; está en Nápoles, una dama de la aristocracia le da una cita, y acudiendo a ella encuentra al marido y a dos hermanos de la hermosa, espada en mano. El Holandés hiere a los tres en la boca —es su estocada, su señal— y huye. La dama confiesa a la justicia napolitana quién es el fugitivo, cómo no puede estar más de nueve días en tierra firme, y cada nueve días que está en tierra tiene que vagar por el mar nueve meses y que sólo puede ser muerto por el fuego, y que, preguntándole ella cómo se llamaba, respondióle el Holandés: «¡Llámame extranjero!».

Hasta 1779 no se sabe nada de él, pero este año está en Londres y compra dos pistolas ricamente labradas: las paga con tres monedas de oro que queman la mano del tendero al cogerlas. El tendero se desmaya, y su bella esposa abrazándose al Holandés lo besa en la boca y le pide que huya antes de que su marido se recobre. Todo esto ante la mirada estupefacta del aprendiz de batihoja. El Errante, desde la puerta de la tienda, le dice a la mujer, que solloza: «¡Acuérdate del Holandés, que nunca volverá!».

Un aspecto muy curioso de la vida del Holandés Errante es la conversación que con él sostuvo en Marsella, el año 1819, M. Claude Gabin de la Taumière, antiguo secretario de Fouché, que ya había conocido al Holandés Errante en Lubeca, en los años del bloqueo europeo.* Se trata de raptar a Napoleón en Santa Elena y traerlo a Burdeos. El Holandés Errante pide a Gabin tres cosas: que el Emperador ha de subir solo a su barco y ha de permanecer todo el tiempo del viaje con los ojos vendados y encerrado en la Cámara; que se le pagará su peso en oro, y M. Gaubin permitirá la boda de su nieta, los más bellos catorce años de Francia, con el fugitivo Holandés. M. Gabin escribe a Luciano Bonaparte y a otros miembros de la imperial familia, pero antes de que llegue respuesta, el Holandés ha de hacerse a la mar, y cuando pasado un año regresa a Marsella, M. Gabin ha muerto y su nieta se ha casado con un oficial de artillería montada.

Es ésta la última noticia documentada de la estancia del Holandés Errante en algún puerto, recogida por el erudito holandés, profesor Michael van der Veen.

Harlem fue retratada así por Aloyslus Bertrand: «Harlem, esta admirable fantasía que resume la escuela flamenca. Harlem pintada por Juan Breughel, Peeter Nef, David Tèniers y Pablo Rembrandt; y

* En el artículo que sigue a éste, Cunqueiro refiere el mismo encuentro pero, en esta ocasión, entre el Holandés Errante y el propio Fouché, jefe de Policía bajo Napoleón. (N. del E.)

el canal donde el agua azul tiembla, y la iglesia donde el vitral de oro flamea, y el balcón de piedra donde seca la ropa blanca al sol, y los tejados, verdes de lúpulo; y las cigüeñas que baten sus alas alrededor del reloj de la ciudad, tendiendo el cuello al aire y recibiendo en su pico las gotas de lluvia; y el inquieto burgomaestre que acaricia con la mano su doble papada, y la enamorada florista, que enflaquece contemplando un tulipán; y la gitana que ensueña tocando su mandolina, y el viejo que toca el pandero, y el niño que infla una vejiga; y los bebedores que fuman en el estrecho portal, y la sirvienta de la posada que cuelga de la ventana un faisán muerto». Esta es el Harlem de Michael van der Veen, y del perpetuo Holandés Errante.

Nuevas sobre el Holandés Errante

Un discípulo de Huizinga, Carlo Cordié, ha publicado recientemente un conjunto de breves estudios sobre diversos temas literarios e históricos, y uno de ellos se refieer a *Il vascello fantasma,* de Wagner, es decir, a la fábula de *El Holandés Errante (Der fliegende Hollönder).* Cordié estudia las fuentes de Wagner, asegura el origen noruego de la leyenda, sus variantes conocidas en los puertos del Norte, y especialmente entre los hanseáticos: entre los marineros de la Hansa corría una canción báquica en la que se brindaba con el holandés. Pero es casi seguro que Wagner, para su texto de «El buque fantasma», ha utilizado una leyenda de un navegante solitario, quien con una tripulación de fantasmas viaja en un tres palos cargado de tesoros en busca de una muchacha cuyo espejo encontró en una playa, bajando a ella a hacer aguada. El espejo perdido refleja constantemente el hermoso rostro de la muchacha. Wagner inventa el naufragio de la nave del noruego Daland y la aparición en medio de la terrible tempestad de la nave del Holandés Errante. Como saben, cada siete años, el Holandés puede bajar a tierra a ver si encuentra a una mujer que lo ame y le sea por siempre fiel. Daland, que sabe de los tesoros que lleva el barco del Holandés, le ofrece a su hija Senta. En la primera leyenda, un mago que quiere hacerse con los tesoros del marino solitario, cuyo nombre nadie conoce, ha sido quien ha dejado el espejo en la playa. Daland, en Wagner, aspira a los tesoros del Holandés, pero también tiene pena de él, y piensa que su hija puede poner fin a la perpetua navegación a la que está castigado. En la leyenda del solitario sin nombre ni patria, éste no encontrará nunca a la muchacha cuyo retrato conserva el espejo, pese a los recursos del mago. Por otra parte, la muchacha del espejo no existe ni ha existido nunca. Es una invención del mago. En Wagner, Senta existe y sabe hilar, y es dulce y apasionada. E inocente. Conoce la balada del Holandés Errante —la que cantaban los hanseáticos— y la canta ella misma, claro que no la música antigua, sino la wagneriana. Senta se emociona y exalta cantando, y declara ofrecerse a redimir al Holandés y poner fin a su penitencia, lo que aterroriza a su prometido, el joven Erik.

Cordié hace notar que, si en la leyenda, quizá de origen danés o báltico, pero relacionada con otra u otras leyendas bretonas, el navegante solitario ve a su posible enamorada en el espejo, en Wagner, Senta tiene la visión de un hombre pálido e inmensamente triste, de un «*bel tenebreux*». Cuando el Holandés aparece ante Senta, ésta reconoce en él al desdichado de la visión, y le promete fidelidad hasta la muerte. Hay todavía otras coincidencias. Ya saben cómo termina *Il vascello fantasma,* de Wagner: el Holandés huye, descubriendo quién es, temiendo que Senta se condene al no seguirle, cuando su antiguo novio le recuerda su promesa matrimonial, pero Senta, fiel hasta la muerte, se arroja desde una roca al mar. El buque fantasma se hunde, y, en medio de las enormes olas, el Holandés y Senta aparecen, él rescatado de la eterna navegación para la paz de la muerte. El poema wagneriano le había gustado mucho a Baudelaire.

Pero parece que el Holandés todavía anda por esos mares de Dios. Cordié señala diversas apariciones del Holandés Errante, una de ellas cuando Wagner, nacido en 1813, era todavía un niño. Estando Napoleón Bonaparte prisionero de los ingleses en Santa Elena, Fouché recibe la visita de un desconocido, quien le asegura que dentro de pocos meses el buque del Holandés Errante va a acercarse a tierra, pues se cumple la pausa que cada siete años le es concedida para que busque su salvación. Si al Holandés se le da ocasión de elegir a una esposa hermosa y fiel, puede salvar a Napoleón, eligiendo Santa Elena como lugar de desembarco. Fouché vacila, interroga durante dos días al desconocido, que habla el francés con «rudo acento alemán», el cual confiesa que tiene a la heroína que no vacilará en unirse al Holandés y salvarlo. Fouché se preocupa, no duerme, sueña con el Holandés y está a punto de ceder a las pretensiones del desconocido, quien solicita por su información dinero contante y sonante. Parece ser que hubo una cena, en la que el desconocido se embriaga. Lo llevan a la casa donde se hospeda, y en su habitación encuentran a una niña muy hermosa, pero tonta, que abre sorprendida sus grandes ojos verdes y exclama una y otra vez:

—¡Yo amaré siempre al Holandés! ¡Yo moriré por el Holandés!

La tonta no sabe ni cómo se llama, ni si tiene padres, ni qué tiene que ver con el desconocido. Cuando le preguntan de dónde viene, responde:

—¡Nací de las tempestades del mar!

Eso y que amará al Holandés eternamente es

todo lo que sabe decir. Nadie escuchará otra cosa de su boca, salvo cuando la llevan a un asilo, en el que va a morir. Coge la mano de la enfermera y dice:

—¡Mamá! ¡Mamá!

El desconocido ha desaparecido.

Todos están de acuerdo en que el barco del Holandés es un tres palos, pintado de negro, y por cuya cubierta corren luces amarillas. Aunque la mar esté en calma, alrededor del velero se levantan grandes olas y silba el viento. Calculando la fecha en que le fue anunciada a Fouché la bajada a tierra del Holandés Errante —ya saben, veintiún días cada siete años—, le toca desembarcar en la primavera de 1977. Si se toman las precauciones debidas, se sabrá a lo largo de qué costas navega, porque está dicho que siempre ha de acercarse a tierra en medio de súbita y terrible tempestad. Las flotas del mundo unidas podían acercársele y decirle por banderas que baje sin temor, y que con la colaboración de la «tele» y la radio, y la prensa, y las revistas ilustradas, le encontrarán esposa, tan fiel como la Senta de Wagner. Podría organizarse un concurso. Creo que sobrarían candidatas. Habría que evitar, eso sí, que el buque fantasma se hundiese, el hermoso velero de Amsterdam, botado en el siglo XV. Podría servir como museo a flote, o como refugio de los fantasmas de todos los naufragios antiguos.

Exportación de dornas

Un caballero, creo que irlandés de nación, que escribe sobre celtas y viquingos en un periódico gallego, refiriéndose a la embarcación de las Rías Bajas, la famosa dorna, a la que atribuye —inexperto en naves, ignoro si con razón— características de embarcación de normandos, sugiere que los carpinteros de ribera podrían tener trabajo construyendo dornas para exportar, especialmente al Canadá, donde hay mares y lagos en los que la dorna podría probar su absoluta perfección formal. En definitiva, si he entendido bien, se trata de transformar o, mejor dicho, utilizar la dorna como embarcación deportiva. En la costa gallega se ha considerado la dorna como embarcación muy antigua, quizá la más antigua del mar occidental. Galicia, se ha dicho alguna vez, es un pueblo más bien ahistórico. Generalmente algo muy antiguo —una torre, las murallas de Lugo, un puente, etcétera—, se dice que fueron construidos por los *mouros,* por los moros, gente extraña, poseedora de tesoros, que un buen día desaparecieron, dejándonos esas muestras de sus trabajos. Nadie ha dicho si había habido matrimonios entre esos *mouros* y la gente gallega, aunque todo hace suponer que no. Un día, los *mouros* se fueron, y ya solamente queda alguno que otro, misteriosamente escondido en un castro o en una fuente, guardando algo de oro que, inevitablemente, un día cualquiera va a ser hallado. Tampoco nadie ha dicho que el *mouro* fuese marinero, ni por lo tanto usase la dorna antigua, que ya existía cuando él poseía en el país. Eso que el gallego conoció verdaderamente al moro histórico en el mar, a los piratas berberiscos o argelinos que todavía en el siglo XVIII aparecieron sobre la villa de Cangas en la ría de Vigo, depredando, quemando, robando, violando: viuda de un muerto por mano de moro fue María Soliña, la bruja del arenal cangués, que tuvo que ver con la Inquisición. Una bruja que hablaba con las olas del mar y detenía con la mirada el vuelo de las gaviotas. Gracias a nuestros historiadores románticos y a las *queixumes dos pinos*, a las voces lamentables de los pinos, los gallegos ocupamos, en lo que toca a antepasados, el espacio que dejaron los moros por la gente celta. Ahora hay en Galicia muchas cosas —y no solamente las prerromanas— que son celtas. Todo lo encontrado escondido, los tesoros que se guardan en nuestros museos, el de A. Golada, el de Caldas, la diadema de Ribadeo o los grandes torques de Burela y otras partes, son celtas. Celta es la gaita, el humor de Wenceslao Fernández Flores y de Julio, la muñeira y hasta he de decir que esa costumbre modernísima de la quema de aguardientes tras almuerzo o cena, que llaman *a queimada,* lo que llevaría a creer que el celta antiguo, el hijo o nieto de Breogán, ya sabía destilar el *bagazo* u orujo, habiendo inventado la alquitarra. Aunque ahora se diga que la dorna puede tener rasgos característicos de embarcación viquinga, en la imaginación marinera del país, el celta dorado, en las brumosas mañanas de las rías, salía a saludar el océano más allá de las islas —Sálvora, Ons, las Cíes—, en la alegre, rápida, maniobrera dorna.

Pero, ¿cómo se llamaba la dorna en los días de los celtas, si es que había tal barca? ¿Cómo se llamaba la dorna en los siglos XII y XIII, cuando los trovadores gallegos andaban por las playas orillamar o iban a las romerías marineras? Las primeras menciones de dorna en gallego no se refieren a una embarcación, sino a una medida de capacidad. (Perdonen la fácil erudición. Las encuentro en las «anotaciones» del profesor Ramón Lorenzo al *Diccionario etimológico,* del portugués Machado. «*La meatade del vino que Deus y der a la dorna*», en 1256, y «*quarta de viño cada ano mole de dorna de. dorna de XVI azumbres*», en 1347.) La palabra dorna significa, primeramente, cuba para pisar la uva y, en Asturias, «duerna» significa hoy una artesa de madera, generalmente circular, que sirve para pelar y preparar el cerdo después de matarlo, para dar de comer al cerdo, para amasar la torta, para recoger la sidra que se exprime en el lagar, etcétera. Véase Corominas, *Diccionario crítico etimológico,* tomo II, página 20. En gallego-portugués, «dorna» se usa en Portugal para designar un recipiente empleado en la vendimia, y en el Alentejo hay *adorna,* una cueva en el centro de la bodega para depositar el mosto. Que la «dorna» es un recipiente, no hay duda, y Corominas se pregunta si será casual que en las documentaciones más antiguas siempre se emplee la dorna para contener vino. Aunque más tarde, en asturiano y en muchos lugares de Francia, «duerna», *dorne, dornée, dounado* en el provenzal de Mistral, sirva para designar recipientes de diverso uso agrario... «Dorna», pues, en castellano «duerna», es recipiente para diversos usos domésticos, o medida de capacidad, y concretamente en la lengua, la dorna es nombre de embarcación, medida de capacidad usada en principio o exclusivamente para vino.

De «duerna» a «dorna» viene «dornajo». En el «glosario» de El Escorial, es una artesa pequeña en la que se da de comer a los lechones, un artesón que sirve para fregar, y también aparece en el *Quijote* y en Covarrubias, y lo vamos a encontrar en *Divinas palabras,* de don Ramón del Valle-Inclán. Es el carreto en que llevan al idiota por ferias y romerías: «La Mari-Gaila rueda el dornajo y dice donaires». El idiota, Laureaniño, poco antes de morir, aún se encandila viendo acercársele la niña que «deja sobre el dornajo guindas y roscos». Unos minutos más y Laureaniño morirá. En el dornajo, abandonado con el cadáver en la noche, Laureaniño será comido por los cerdos.

«Duerna», *adorna,* «dornajo», «dorna» del vino... bien lejos están de la dorna del mar. Y nadie sabe decir de dónde le vino el nombre a esta barca tan hermosa de las Rías Bajas gallegas, que ahora alguien quiere que exportemos a los lagos del Canadá. Yo amo ver la dorna ligera en el mar de Arosa, cuando van desde Sálvera, boca de la ría, para Villagarcía, como dice el cantar. Un poeta español le preguntaba a Dios una vez: «Señor, ¿quién te enseñó el perfil de la azucena?». Habría que preguntarle ahora, en la claridad dorada de la tarde, quién le enseñó a Dios el perfil y el navegar de la dorna. Céltica o no, da igual.

Antiguas navegaciones

Con todas las dificultades que ustedes quieran, las flotas gallegas han vuelto al Gran Sol, al *gran suelo,* y al Vidal Bank, donde durante tantos lustros han pescado. Estos caladeros eran para el gallego del mar como su propiedad, lo mismo que una propiedad en tierra, en la que regían las servidumbres de paso, y la prescripción. El nombre de este mar no ha estado nunca muy claro, porque se ha escrito *sole* en vez de sol, y así podía ser el «mar del lenguado», aunque también se dice en francés *sole* a cierta extensión de terreno sobre la cual se siembra, sucesivamente, por años, trigo, luego avena por ejemplo, y después queda un año a barbecho o añojal. A los gallegos que siendo marineros no dejan de ser labriegos, quizá les gustase más que otra esta explicación del nombre de su cotidiano caladero. Y el *sole* francés está emparentado con el gallego *sollo,* que designa a un pez parecido al lenguado, el *pleuronectes platessa,* pero de muy inferior calidad. Pero «mar del sollo» no va con la poética marinera, cuando puede ser sustituido en la denominación por sol, el luminoso sol, aunque nadie lo pueda explicar referido a un mar de lluvias y de brumas, el mar y el cielo oscuro de los cimerianos, que recordaba Renan cuando escribía, declamaba, su plegaria ante la Acrópolis de Atenas. Y, aunque las naves de los gallegos se hayan hecho a la mar, el problema está vivo, difícil, complejo, comenzando por la anticuada, casi medieval, estructura de la industria pesquera. Y hubo días, en las discusiones entre armadores, patrones y marineros, en los que parecía que todos habían optado por el suicidio, y nadie parecía darse cuenta de que con todos los riesgos de apresamiento y multas, abandonar el mar del Sol, el mar de los poemas de la tempestad de José María Castroviejo, era un inmenso error. En fin, las flotas han vuelto a sus caladeros favoritos, en los que las olas del mar y las gaviotas y los propios vientos hablan entre sí en gallego. Habría que convencer de esto a los jueces ingleses y a los iracundos irlandeses, que llevan este asunto con el espíritu de sus constantes discordias civiles. Después de todo podían pensar que durante siglos los hemos estado recogiendo, hijos de San Patricio, clérigos o soldados, cuando huían del inglés. Y además les hemos enviado ilustres pobladores, en los días en los que el viejo rey Breogán de nuestra fábula céltica encendía hogueras de guía sobre el mar, comenzando así la historia del gran faro de La Coruña, célebre como el de Alejandría o el de Malta.

Y aún ahora mismo les enviamos una nueva nave, con el mismo nombre de Breogán, construida en Noya —Noela, la villa de algún modo, según antiguos eruditos, relacionada con Noé y su arca; todo va y viene por el mar en Galicia—; construida, digo, con cuero vacuno y madera de roble, y en la que gente universitaria compostelana se dispone a viajar hacia las costas de Bretaña, de Cornubia, de Irlanda. Y puede suceder que, viendo las fragatas irlandesas aparecer en el horizonte la extraña y lenta nave, crean que es argucia de gallego vestirse de prehistórico para poder cómodamente pescar la merluza en el mar del Sol. La nao «Breogán» está anclada en la ría de Vigo, esperando que salten vientos del Sur que llenen su vela, el Suroeste tibio y cristalino. Que salten por su cuenta, que ya no hay en toda la Galicia marinera quien sepa cumplir los ritos que sometían a obediencia esos grandes señores ebrios de libertad que son los vientos.

Y, mientras tanto, en el río Ulla, celebran los ribereños la que llaman fiesta viquinga, en recuerdo de la llegada de la gente normanda, los depredadores del verano, que entraban en el país a sangre y fuego, y reposaban sólo para las sólitas violaciones, fabricar su gruesa cerveza y comer el rudo tejón asado. Ahora la liorta entre viquingos e indígenas termina en concordia y comilona. Los Reyes de Noruega llegaban a Galicia acompañados de poetas, que decían todos sus pasos en el complejo lenguaje de los escaldos. Por ejemplo, el Rey Sigurd que llegó a Galicia para invernar en el otoño del 1109 con sesenta naves, traía tres poetas, Thorarin Stutfeld, Einar Skuleson y Halldor Skvalldre. Llegó en otoño a la ría de Arosa, y decidió invernar. Einar Skuleson lo dijo así:

Nuestro Rey, de cuya lejana tierra
ninguno de estos reinos está cerca,
pasó en Jacobsland el invierno que llegaba,
ocupado en cosas santas;
y yo pude escuchar al mozo real
convenciendo a un conde descarriado.
Nuestro valeroso Rey tuvo paciencia con aquel con-
[denado,
y así los halcones, con él ganaron su pitanza.

En Jacobsland invernando, es decir, en la tierra

de Jacobo, el apóstol que está en Compostela. Ocupado en *holy things,* en cosas santas. Lo que hace suponer que peregrinaría a la Tumba Apostólica. Cristiano nuevo, era muy mirado en cosas de religión. Cuando, a la primavera siguiente, tomó Cintra, mató a todos los moros que no se quisieron bautizar. El «conde descarriado» parece que fuese quien por el Rey de León gobernaba Galicia a la sazón, que no le daba víveres. Galicia era «*a poor barren land*», una tierra pobre y estéril. El Rey Sigurd cercó al conde descarriado en su castillo, y obtuvo lo que quiso. Los halcones, es decir, los guerreros de Sigurd, ganaron así su pitanza... En fin, los gallegos, con la nao «Breogán» y con la fiesta viquinga de Catoira, parecen verdaderamente pacíficos que devuelven bien por mal, cuando recuerdan las antiguas navegaciones. Para mayor satisfacción de este comportamiento, me toca decir que hace un par de años hubo dos noruegas en la fiesta viquinga y, según me cuenta un lector de español en una Universidad escandinava, una de las chicas apareció preñada de obra de indígena. Lo que en cierto modo es una compensación histórica.

Los grandes faros

Muchas veces, los poetas han saludado los grandes látigos de luz que los faros lanzan sobre la piel del mar en las horas de la tiniebla nocturna. Los faros han tenido un momento de exaltación en la época romántica —cuando, por ejemplo, nuestro duque de Rivas nos decía del faro de Malta— y, ya más cerca de nosotros, el poeta francés Jean-Paul Toulet recitaba la letanía de los faros normandos y bretones con un refrán que decía: «Pero, ¿dónde está el faro de Alejandría?». ¡El faro de Alejandría! Fue una realidad, una alta torre en la que podía arder la gran hoguera que anunciaba la presencia del puerto; pero en seguida fabularon de él, y se decía que se veía su luz a cien leguas de distancia, y que tenía un espejo, como el que Bernardo de Balbuena imaginaba para el de La Coruña, el de Breogán o de Hércules:

> La Coruña es aquélla, y la alta torre
> del encantado y cuidadoso espejo
> que al brigantino puerto da y socorre
> con tempranos avisos y consejo.

¡Avisos de luz! Noches antes de que las naves llegaran a Alejandría, ya veían su luz protectora. Se dijo todo de ella, y que hubo quien robó luz de Alejandría para su uso particular, para llevarla a proa en las jornadas de tempestad, o en la Gran Sirte para poder ver el fondo terrible de los abismos poblados de bestias, y recorrer el lomo de Leviatán, y saber que era Leviatán, y no Sicilia, la Magna Grecia. El que estas líneas escribe ha recordado más de una vez que, cuando la barca —que los gallegos creemos era de piedra— trata desde Jaffa hasta la desembocadura del río Ulla el cuerpo del apóstol Jacobo, estaba vigente en el Mediterráneo toda la mitología grecolatina, con los caballos de Poseidón, Scila y Caribdis, las sirenas cuyas madres escuchó Ulises cantar, etc., y el faro de Alejandría con su mano luminosa. Fue el faro más importante de la Antigüedad clásica y, cuando dejó de lucir, verdaderamente se acabó en aquella parte mediterránea el mundo antiguo. Pero aún tuvo —repito— una hora magna, aquella en la que con su luz dijo a la Barca Apostólica la ruta hacia el Oeste. Los caballos de Poseidón se estaban quietos y los delfines acudían a bañarse en luz y espuma en la estela.

Durante años, leyendo textos de aquí y de allá, los más novelísticos o poéticos, he ido anotando todo lo que se decía de faros —muchos de los cuales no hubo, como aquél que avisaba a los normandos que estaban exactamente a sesenta leguas de los borceguíes bordados en oro del Basileo de Constantinopla. Baynes cree poder asegurar que el faro lo eran los propios borceguíes del Emperador, luminosos. Cuando el Emperador quería perder una nave normanda, cruzaba los pies, confundían las luces, y la ligera embarcación de los hombres del Norte iba a estrellarse en las rocas de cualquier isla egea. Esto está en algunos cantos derivados de la saga de Grettir el Fuerte. Tampoco hubo los más de los faros de los árabes en los días en los que navegaba Simbad, piloto del Califa de Bagdad. Un piloto como Simbad veía luces cuando preguntaba el camino, y lo curioso del asunto es que no solamente había faros que daban los pasos de la mar, luces que balizaban las escolleras y los bancos de coral, sino que había algo que no han tenido otros navegantes en el mundo entero: luces que señalaban las carreras de los vientos. Más allá de Trapobana había una luz, para indicar la presencia del turbulento viento del Este, verde, y otra, naranja, para decir que estaba llegando a las velas de las naves arábigas que iban o venían de Especiería, el poderoso, leal, silbador, mozo viento del Suroeste, el gran compañero de los pilotos de la escuela de Basora. También en las leyendas de los celtas galaicos se habla de faros, de las hogueras de Breth O'Coalme, un bisnieto de Lir, el dios y el Rey del mar, habitante de una isla secreta, el cual andaba saltando de roca en roca encendiendo hogueras que solamente los Reyes y los santos veían en la noche: los Reyes de las grandes expediciones de mayo, y los santos que, como San Brendan, navegaban hacia el Oeste en busca del paraíso terrenal, o más modestamente, de las islas floridas, las de la eterna juventud. Al ver las hogueras de Breth, las aguas se calmaban y permitían una feliz navegación.

La enumeración de faros sería muy larga, comenzando por el faro de los venecianos en Chipre —el faro por el que se guió Otelo, llevando en la cámara de su nave a la blanca, dulce, terca Desdémona— y terminando por el faro del que cuenta Teodoro Storm en su Pomerania natal, un faro en una colina, sobre los diques, de los que su padre era vigilante.

—¿Se ve desde Tilsit, padre?

—¡Depende de la vista de quien mire!

En la Galicia interior tenemos altas, aisladas, muy características montañas, que llevan el nombre de faro: el faro de Chantada, el faro de Avión..., quizá porque la imaginación popular vio en ellos los guías de los caminos por aquellos mares de montes. ¡Quién diría que iba a llegar hasta las orillas del Miño, en el extremo occidental del mundo conocido, el nombre propio de la isla de Faros, en la bahía de Alejandría, donde estuvo el famoso faro del que hablé antes y que dio nombre a todos los faros del mundo!

La primera vez que aparece documentada en castellano la palabra faro es en Covarrubias, en 1611. Dice el gramático que quizá nunca hubiese visto un faro y lo describiese por la erudición grecolatina, que «las atalayas... que están sobre la mar, quando son fuertes y sumptuosas, se llaman faros».

Covarrubias no llegó a ver nunca un faro desde el mar, es decir, una de aquellas hogueras espejeadas. ¿Qué diría si desde una nave, en la noche, se encontrase con la mirada del faro de Eckmülh, del de Finisterre, del de Corrubedo, que en una cantiga gallega hace decir a una enamorada:

O faro de Corrubedo
co seu ollar largacío,
ai amor púxome medo! [1]

El faro que yo más amé fue el primero que vi de niño en las tardes de verano, desde el mar de

1. El faro de Corrubedo / con su largo mirar / ¡ay, amor, me puso miedo! (N. del A.)

Foz: era el faro de Tapia de Casariego, al Este, en el mar de las Asturias de Oviedo, acariciando cielo y mar. Era como un dios.

Ulises sale al mar

Un fotógrafo amigo me entrega una foto obtenida por él en la estación de Ría de Vigo. El padre, marinero sin duda —esa postura de piernas sobre la cubierta del bou que conserva todavía en tierra firme—, se ha detenido con el hijo, antes de tomar el vapor que ha de llevarlos por la calma ría a la otra banda, ante la mujer que vende caramelos, bocadillos, naranjas y cigarros.

El rapazuelo es como Ulises, haciendo provisiones bajo la grave mirada paternal. El joven héroe va a conocer las naves y la mar salada. En el muelle es aún un niño, pero el mar le hará hombre en seguida, aunque el aprendizaje sea duro y difícil. Será marinero, pero antes tendrá que conocer muchas arenas diferentes, en remotas playas, bien lejos de las que va a usar hoy para jugar con la pala que lleva en la mano, construyendo castillos de arena que la mano espumosa de la ola deshace.

En fin, será un hombre libre y, como todos los hombres libres, amará la mar. Y será un poco como las aves del poema de Mallarmé, embriagadas viviendo entre la espuma desconocida y los cielos»... Hace años, escribiendo servidor una narración de tema marinero y humano, había inventado diversos ritos para el niño a quien llevan por vez primera al mar, y que iban desde hacerle probar el agua, para que viese lo salada que es, hasta enseñarle a escuchar las conversaciones que se traen entre ellos los vientos, o tras la primera singladura, echar a las olas un limón, por si las corrientes lo llevaban hasta la playa nativa, recordándole con su amargor que la nostalgia puede ser amarga.

Aún hace pocos años, cuando mi salud me permitía hacer viajes por la ribera del océano, buscaba siempre la ocasión de hablar con viejos marineros, taza de vino en medio, y, ante nosotros, el Atlántico, las ligeras dornas —la más perfecta de las naves menores que haya construido nunca el hombre— y las gaviotas. Muchos contaban de lejanos países, como si hubiesen llegado a ellos en una descubierta y todavía no figurasen en cartas. Unos habían hecho amistad con el mar, pero otros desconfiaban de la enorme bestia. Para unos, el mar fuera la gran aventura, mientras que para otros era el trabajo, tan rutinario como el que se hace en una fábrica en tierra firme.

Y cuando yo le pregunté a un marinero de Finisterre si había alguna vez encontrado una de aquellas islas navegantes que vienen en las historias antiguas de los pueblos ribereños de Occidente, me contestó con un tono de desencanto que hubiera complacido a la vez a Ulises y al viejo Simbad:

—¡Ahora, el mar está demasiado escrito!

El mar y la tierra, y por ello las gentes están mirando a los cielos, para ver llegar por los aires a gentes de otros mundos, con noticias de nuevos países, donde acaso andan aves bajo las aguas y los peces vuelen, posándose, coloreados aquí y allá, en las ramas de los árboles. Si es que hay árboles en los países extraterrestres.

Ya se sabe que hay opiniones para todos los gustos, y que los humanos que han alcanzado a ver a algún extraterrestre no se ponen de acuerdo: que si son gigantes escuálidos, que si son pequeños y rechonchos, que si tienen cuernos o antenas, y en el Perú han sido vistos algunos descender de una esfera luminosa que tenían rabo. Una parte esencial de las novelas de ciencia-ficción la constituye la necesidad humana de países desconocidos e islas extrañas. Antaño, se inventaban estos países en el propio planeta nuestro, y Etiopía y Guinea eran nombres de comarcas inasequibles, cuyos habitantes tenían la cabeza en el pecho, o tres piernas. Pero ahora el mapa terrenal está demasiado escrito y ya no hay vacíos.

Cada vez se habla menos del monstruo del lago Ness, de Escocia, o del «abominable» hombre de las nieves, y todo está clasificado, como mariposas en colección de entomólogo o hierbas en el herbolario. Y todo el catálogo de la teratología antigua ha quedado reducido a la nada. La Naturaleza cada vez comete menos errores, y ninguno de bulto, como el que una generación de peces abandone las aguas y se haga trepadora de árboles, y, subida ya a un árbol, se ponga a cantar de ave, como en Italo Calvino. Por otra parte, como en la historia del gran narrador italiano, no faltará el sabio maestro que diga a los que contemplan el extraño espectáculo:

—¡No miréis para allí! ¡Es un error!

Y no lo fue, que gracias a él tenemos el ruiseñor y la paloma, la alondra que yo escucho mañanera y la golondrina, que al fin ha llegado y vuela rauda mi calle, chilladora.

En fin, aquí tenemos a Ulises niño dispuesto para salir por vez primera al mar. Un mar pequeño, una ría gallega, que es un valle de agua entre riberas verdes y rocosos montes. Cuando hace cincuenta y cinco años yo hice esta misma travesía, por el mar de los trovadores medievales, de Mendiño y de Martín Codax, todavía tenían las olas la gracia del juego de los delfines. Ya no los hay. Estos amigos del hombre y de las estelas que dejan las naves se han ido para no volver. Pero, por muy corto que sea el viaje, siempre en el corazón del hombre está la emoción de la llegada. La nave amarra y saltas a tierra, y eres Ulises, aunque no quieras. Aunque seas un niño.

Los almirantes de los celtas

No voy a contarles de los navegantes celtas de los días remotos, comenzando por los que salieron de al pie mismo del faro de Breogán, en La Coruña, para viajar hacia Irlanda, y siguiendo por aquél con O'Mugha, que hizo extrañas navegaciones y siempre supo regresar, porque sacaba de su boca palabras en forma de bolas de colores, las dejaba sobre las olas y, cuando hacía el viaje de vuelta, aún las bolas estaban donde las había posado, las recogía y convirtiéndolas en palabras las volvía a su boca. Ni de los que pactaban con Lir, el dios o rey del mar, la ruta segura hacia las islas de la eterna primavera, las islas, las Floridas, donde ni el hombre ni la mujer envejecen, porque beben agua de la fuente de la Juventud, que en el corazón de la isla brota caudal y fresca. Ni tampoco, finalmente, de San Brendan, que viajó hacia el Oeste en busca del Paraíso Terrenal; ni de San Eregán, quien por Pascua de Resurrección salía a buscar los delfines que andaban ociosos en el Atlántico y los traía a escuchar la Santa Misa que él decía en una capilla levantada sobre las rocas, en el punto extremo occidental de Bretaña. Después de la Misa, los delfines se iban, diciendo con acento bretón bretonante: ¡Amén! ¡Amén! El santo sonreía, y las olas del mar acariciaban su enorme barba blanca. Hoy les cuento de otros.

Durante mi última estancia en Barcelona adquirí un libro de Jacques Pleven, en el que se cuentan muchos hechos marineros de bretones, normandos, catalanes de Francia siempre naufragando en el mar de Narbona... Hablando en el libro, Pleven, de sus paisanos bretones, me encuentro con gente conocida, de cuando me documentaba algo para el libro *Crónicas del sochantre* e inventaba las ilustres estirpes marineras de los Erquy y los Treboul. En el libro de Pleven aparece, con catalejo bajo el brazo diestro, el capitán Barbinnais Le Gentil, que fue el primer francés que dio la vuelta al mundo y escribió una *Descripción de la China,* y dando fin a su viaje, la primera tierra europea que pisó fue Vivero, en la costa de Lugo, y desde allí pasó corriendo a Madrid, que eran los días de la guerra de Sucesión de España, y el capitán general de Galicia era del bando del archiduque austríaco, y el marino bretón era oficial patentado de la Armada del Borbón de París. Presumía el capitán de Navío de haber tenido, en su tiempo, las más hermosas pantorrillas de Bretaña. En el libro de Pleven me encuentro con hermosas estampas y mapas con eolos soplando todos los de la Rosa, y uno de los grabados nos muestra a Brenne le Noir llevando a la flota de Honfleur nada menos que contra Inglaterra. Los normandos de Honfleur pasaron el canal el 2 de agosto de 1457, y se fueron contra la Gran Bretaña por su cuenta. Desembarcaron en la isla y quemaron Sandwich, en Kent. El almirante citado, Brenne le Noir, con sus propias manos degolló al alcalde de Sandwich, quien le había mandado una carta en latín citando versos de la *Eneida,* pidiéndole que se volviese a Francia y regalándose de paso un tabal de arenques. Los normandos estaban excitados porque apenas habían hallado algo que beber en Sandwich: un poco de cerveza floja y unas pipas de sidra ácida. Los emborrachó la sed —que a veces emborracha más que el vino— y se dedicaron a la matanza. Cocieron al alcalde degollado y mondaron y limpiaron sus huesos, repartiéndolos entre las naves, como testimonio de la victoria, que los capitanes, sus hijos y sus nietos, mostrarían cuando contaran la batalla. Parece ser que aún no hace muchas décadas había familias antiguas de Honfleur que conservaban el hueso que le había tocado en suerte a la nave de su antepasado belicoso.

El almirante Brenne le Noir, al retirarse con su flota, eligió mujer entre las huérfanas de Sandwich. Por quitarse de compromisos y no celebrar concurso de belleza, la eligió al peso, y se llevó, claro, la más gruesa, que era hija de un tonelero y tenía trece años. Le dio una docena de hijos, y el almirante de Honfleur los casó muy bien. Los varones salieron todos a la mar, y de una de las hembras descenderá la madre del almirante Coligny, el gran jefe de los hugonotes de Francia.

Cuenta Pleven que, al cumplirse en 1957 quinientos años de la guerra de Honfleur contra Sandwich, los normandos volvieron a cruzar el canal, pero esta vez desarmados, y firmaron una paz con los ingleses. El alcalde de Sandwich se vistió de gala, unos niños cantaron una canción en la que se asustaban a sí mismos diciendo que llegaba Brenne le Noir envuelto en fuego, y ambas partes almorzaron sentadas a la misma mesa cinco diferentes platos de arenques. Grandes fiestas. Lástima que ya no quedasen en Normandía descendientes de Brenne le Noir, que el último de la casa murió en Trafalgar.

¡Los almirantes de Honfleur! Comedores de cebolla, de tripas de buey a la moda de Caen, bebedores de aguardiente de manzana, iban a casarse lo más lejos posible de su ciudad y traían de Pondichéry o de la Louisiana bellezas exóticas que se marchitaban pronto en la brumosa y fría Honfleur... Pero yo iba a hablarles de los almirantes de los celtas, de los gaélicos, de los irlandeses. Son éstos los únicos marinos del mundo que se sepa que subían con espuela a sus naves, y, a la hora de la batalla, cuando se quería el navío ligero, con todos los árboles abiertos al viento, si no había el suficiente para la maniobra, descolgaban al capitán por la popa, y éste, gritando, espoleaba el «Dragón de Armagh», entre las aclamaciones de la marinería. Y la nave, aun en jornada de calma chicha, se lanzaba, como pura sangre, a galopar las verdes ondas, osado y ágil combatiente. Cualquier día les contaré cómo en el año 999 de nuestra era, una flota irlandesa hizo un viaje submarino. A mil pies de profundidad encontraron a unos peces dorados que guardaban, posada en una roca del fondo, el arpa de un gran músico de antaño, quien, yendo en barca a una romería, había naufragado. De vez en cuando, alguno de los peces, con su cola, hacía sonar el arpa. Cosas de aquellos celtas soñadores.

El vellocino de oro, en Galicia

Los griegos han supuesto que es en algún lugar del Mediterráneo oriental, o pasados en los estrechos bizantinos, más allá de donde Troya fue, en alguna ribera del mar Negro, donde Jasón fue a buscar el toisón de oro, el vellocino de oro, y lo encontró, y a la hermosa y terrible Medea. Pero ahora yo les hablo, no como erudito en el asunto, sino como un escritor de imaginación, y como un gallego que quiere para el océano que baña las costas de su pequeña patria una nueva aventura marinera. En Ribadeo, en lugar nunca precisado, ha aparecido una joya, una pieza diminuta, de oro, que ya es célebre en el mundo de la orfebrería occidental. Es el ya famoso carnero alado, que «El Correo» de la UNESCO ha divulgado en la portada de su último número. Una pieza pequeña, de seis centímetros y medio de largo y otros tantos de alto, y que pesa cincuenta y dos gramos. Es un *castrón de ouro,* y el orfebre que realizó la pieza ha imitado en la piel del carnero los vellocinos, la lana de oro que fue a buscar Jasón el griego. La joya, que es seguro que no fue hecha para colgante ni para aplicación, que se sostiene perfectamente en sus cuatro patas sin apoyo exterior, pudo haber sido hecha fuera de Galicia, o entre nosotros, gente adornada de oro en los días prerromanos. Pudo ser obra de la orfebrería de Tartessos, ya que los tartésicos negociaban con pueblos atlánticos. El profesor Blanco Freijeiro, que ha dedicado al carnero alado un esclarecedor estudio, nos recuerda que las fuentes literarias hablan de griegos. Los *nostoi,* los viajes de los griegos a Galicia, están muy desacreditados, y todos tienen por fábula el que hubiese establecimientos griegos en la región gallega. Nadie cree hoy que Diomedes, después de que Troya fue, llegase a la desembocadura del Miño y fundase Tuy, en memoria de su padre Tyde. Nadie cree que una mañana de abril llegase Lérez arriba, hasta donde hoy está la Puente de Pontevedra, el valeroso Teucro, y fundase la villa en alto castro sobre el río: «Fúndote, Teucro valiente»... Pero hay escritores antiguos que atestiguan las navegaciones de los griegos hasta nosotros, y que se establecieron aquí. Estrabón, por ejemplo, en el que puede leerse que había griegos entre nosotros, y polis helenas, como Hellenis y Amphilokoi. Nadie cree en las navegaciones y asentamientos de los griegos, pero cuando aparece algo como el carnero alado de Ribadeo, Blanco Freijeiro nos dice que hay que ponerse a pensar. Y digo yo que a imaginar.

Yendo hacia el oscuro final del mundo conocido a buscar el toisón, ¿no sería al Finisterre, al punto extremo de la tierra conocida, adonde navegó Jasón? La geografía de la aventura griega, como la conocemos por la literatura, sería establecida muy *a posteriori* de los acontecimientos. Los griegos y los fenicios del comercio del estaño conocerían un pueblo rico en oro en la ribera del océano, y situarían en él el carnero de oro —como, gracias a los libros de caballerías, los conquistadores españoles buscaban en Indias el país del Dorado, donde todo era de oro, desde los árboles a las puertas de las casas y los guijarros del camino—. Y entonces, en la nave «Argos», con la centena osada de sus compañeros, el intrépido Jasón navegó hasta nuestras costas. Larga navegación, saliendo por las Columnas de Hércules al Tenebroso, con peligro de llegar a su borde, donde sus aguas se precipitan en enormes abismos, y con temor de las grandes bestias que giran como remolinos en su superficie. Y como fuese, la nave ancló una serena y grave tarde, digamos que de mayo, en aguas de la ría del Eo, frente al castro sobre el que fue construido Ribadeo. Desembarcaron los helenos, y fueron recibidos, cumpliendo los gallegos las leyes de la hospitalidad.

Supongamos que Eetes era Rey de los gallegos del Eo. Los argonautas verían en la frente, en el cuello, en los brazos y en los muslos, sobre las rodillas, las diademas, los torques, los brazaletes de oro. El Rey tenía una hija hermosísima, de mirada fascinadora, en el sentido literal de la palabra. Se peinaba con peine de oro, como más tarde, quizás habiéndolo aprendido de ella, se peinarán en las playas, tumbadas al sol, las sirenas de misterioso canto. La hija del Rey Eetes se llamaba Medea. Era perita en magias. Era lo que ahora llamaríamos los gallegos *unha meiga,* una bruja, una *socière,* sabia en hechizos de toda clase, en filtros de amor y en venenos, y sutil dialéctica, con el razonar convincente y lento que suelen los gallegos... Y Jasón se enamorará de Medea y, gracias a ella, conseguirá el vellocino de oro, y podrá regresar a su patria. Con ella, claro. El resto, el regreso, los celos, las muertes, ya las conocen por la tragedia... ¡Medea gallega! La nave «Argos» sale de la ría, dejando a la izquierda las Quebrantas, en las que rompe violento el mar que será llamado de los cántabros. A popa va Medea, y a su lado Jasón, que le ciñe con su fuerte brazo la estrecha cintura. Medea se despide de las colinas verdes que cercan la ría, de las lejanas montañas azules… El *castrón de ouro,* el carnero alado, será la imagen en oro que recuerde el carnero verdadero, cuya lana de oro era el más singular de los oros que los gallegos usaban para su estupefaciente joyería.

La nave de Jasón se encamina hacia Grecia, dejando atrás el Ortegal y el Finisterre, durmiendo en las noches de tempestad en el abrigo de las rías, pasando ante Lisboa, donde quizá había griegos que recordaban a Ulises, y finalmente buscando el estrecho, para penetrar en el mar bien conocido, donde rige Poseidón. Medea, pese a su *terribilitá,* irá durmiéndose de dulzura en los brazos de Jasón. Medea la gallega, Jasón en Finisterre y en Ribadeo. ¿Imposible? Yo no diría tanto.

Alejandro submarino

Es bien sabido de mis amigos cuánto me ha interesado siempre, no la historia verdadera de Alejandro Magno, sino la fábula del famoso libro del Alexandre medieval, y que yo, no contento con lo inventado al macedonio, había escrito, en la mocedad y en *quaderna via,* de los prodigios que precedieron al nacimiento del héroe, de su boda con la hija de Darío y cómo no la tocó hasta que vinieron estrelleros a decirle que la ocasión era propicia; y de sus viajes tanto aéreos como submarinos. Pero fueron éstos los que más me atrajeron. Yo había inventado que, antes de bajar al fondo del océano, Alejandro pasó cuarenta días comiendo solamente carne, y no pronunciando ni una sola vez el nombre de un pez. Estas eran graves precauciones para apartarse lo más posible de la fauna piscícola, y una vez sumergido no poder ser tenido por nadie como miembro de ella. No encontró inconveniente alguno en ser bendecido siete veces por el obispo de Babilonia, y un canónigo de aquella sede, hombre de grandes saberes llamado Keotes, le enseñó, durante siete días en la que ambos viajaron por el desierto, el lenguaje de las sirenas. Yo explicaba cómo el lenguaje sirénico no se puede aprender por gramática, que hay que estudiarlo comenzando por los primeros gruñidos, grititos y balbuceos de la sirena infantil y, poco a poco, madurando y dominando la lengua, llegar a lograr el habla de la sirena: como niño que se suelta a hablar y se va liberando de tropiezos y termina formulando correcto. El asunto del lenguaje de las sirenas ha sido estudiado más de una vez, y hubo quien aseguró que les hacía mucha gracia un cierto tartamudeo, pero no a comienzo de palabra, sino al final. La sirena no dice «sá sá sábado grá gra gráfico», sino «sábado do do gráfico co co».

Alejandro se vistió de rojo y de oro, y se ciñó con lana empapada en sangre de unicornio y cera virgen, y, antes de meterse en el tonel de vidrio, sus secretarios, que eran damascenos, que es lo más parecido que haya a aquellos vizcaínos de buena letra que sirvieron en las secretarías de Felipe II y sucesores, le leyeron al mar veinticuatro decretos que lo reducían a calma durante veinticuatro días. Y por fin, en una barca construida con madera de siete árboles diferentes, salió a alta mar, y fue lanzado en su tonel de cristal a las aguas, las cuales se apartaron respetuosamente y dijeron: *¡Salam!*

Alejandro vio todas las tribus de peces, y escuchó cómo se quejaban las aguas al pasar por ellas las bestias Leviatán y Jasconius, que con su peso las apretaban contra las rocas del fondo marino. Vio también los hombres submarinos, que viven en tiranía y están constantemente cambiándole el nombre al tirano, de manera que parece que estrenan tirano nuevo cada día. Vio también sirenas, una gorda y morena, que se mantuvo a cierta distancia, callada, y otra joven y rubia, que al moverse parecía un ejemplo de línea sinuosa de las geometrías euclidianas; ésta, al comprobar que el insólito visitante era Alejandro, comenzó a cantar trozos precisamente de *El libro de Alexandre*. Entre las cosas que Alejandro vio fue una torre que llaman Baltar, que fue una ciudad que los hombres construyeron hacia abajo, después de haber construido hacia arriba la torre de Babel. En lo alto de esta torre tenía su nido la cigüeña que invernaba en las fuentes del Nilo, del cual, como se sabe, se creyó que comunicaba con todos los ríos interiores y exteriores. Los amores que hubo entre don Alejandro y la sirena serpentina fueron así: la sirena se enroscó en la cuba de cristal en cuyo interior estaba el macedonio tendido desnudo, tan espléndidamente sexuado, y a través del cristal pasaban los sudores de la prójima, y sus aromas, al aire interior que respiraba el gran rey, y se llegó a un punto en el cual ambos la gozaron a un tiempo, y aún hay eruditos que creen que el semen de Alejandro pasó al mar resudado por el cristal. Prodigios de ésos que se llama ósmosis, y técnica con la que se cargan, por ejemplo, algunas plumas estilográficas. Si así fue, sin duda que habrá descendencia alejandrina bajo las aguas. Me contaron una vez de un pleito en la Real Chancillería de Valladolid, en el que unos de un linaje montañés querían que fuese puesto en la carta ejecutoria que descendían de Alejandro Macedonio. A lo mejor, nietos los hidalgos de las Asturias de Santillana del fruto del cruce del héroe con la sirena, y primos, si ustedes quieren, del hombre-pez de Liérganes.

Yo les había inventado, hace algunos años, a los griegos, la curiosidad de saber cómo vivían ciertas tribus animales, los centauros, por ejemplo, y los casi humanos cíclopes monóculos, bajo qué régimen, si democrático, aristocrático o tiránico, o si en monarquía o en anarquía, y sospecho que alguna preocupación de este tipo haya podido tener en su viaje submarino el gran Alejandro de Macedonia.

Hay que tener en cuenta que, muchos años más tarde y cuando, después de la guerra de los Balcanes, la Macedonia fue repartida entre los griegos, búlgaros y servios, vista la confusión macedónica, le fue llamada «macedonia» a una confusión de frutas. De saberlo Alejandro, le dolería la brutal distribución de su reino, pero quizá mucho más que pasara a dar nombre a un postre; en cierto modo, el terror coronado de Macedonia a algo dulce que se come con cucharilla.

Yo no escribiría estas líneas en otras semanas del año, pero sí en ésta, en la vieja casa, en la ciudad donde nací, sentado cerca del fuego, escuchando la voz del viento vendaval y la lluvia, y recordando fábulas antiguas. Me traen noticias de cómo van de ceba los capones navideños, y no hace falta que me digan que en casa de un vecino están ahumando los chorizos, porque me llega el perfume del laurel que queman. Me siento en un nivel que podemos llamar de inocencia, en el cual la preocupación mayor pueden ser los problemas políticos, sociales, amatorios de Alejandro submarino.

Dos mil años de naves romanas

Los más escrupulosos cálculos nos llevan a situar la hora final de la guerra cántabra, y por ende la pacificación de Hispania, en el año veinticinco antes de Cristo. Es también el año de la fundación de Lugo, de *Lucus Augusti,* en el que era el Castro, sobre la lenta corriente del Miño, de los lucenses. Hay que dudar, parece, de la presencia de Julio César en Galicia en los años 61-60 a. de C. cuando atacó a los herminios de la Serra de Estrella, y a los *kalaicos* de *Brigantium,* la actual Betanzos. Se dice también que atacó César a los refugiados en las islas Cíes, esas poderosas rocas que se alzan a la entrada de la ría de Vigo. Eruditos aseguraron que Julio César, el señor latino de la ciudad y del mundo, presenció desde Monterreal de Bayona, el desembarco de los legionarios en las Cíes. Yo me lo suelo imaginar, en la punta donde hoy se alza la torre que llaman del Reloj, viendo zarpar las embarcaciones requisadas en todo el litoral: si ya entonces el marinero gallego usaba esa perfecta barca que llamamos dorna, en donde irían los soldados romanos hasta las limpias playas de las Cíes, donde fueron saludados en un vuelo de oscuras y mortíferas flechas. También parece posible que Octavio Augusto no haya pasado de Astorga y no se haya adentrado en Galicia, pero en esta última campaña es seguro que hayan tomado parte sus hijos adoptivos Tiberio y Marcello. El que había de ser César, Tiberio se dio a beber vino gallego en tales contidades, y además, al gusto romano, tibio o caliente, que sus soldados, en vez de llamarle Tiberius Claudios Nero, lo saludaban como Biberius Caldius Mero, *mero,* en latín, vale por vino y también por borrachera. Pero quien también estuvo, con sus naves en el mar Cantábrico, fue Agripa, yerno de Augusto. La flota romana en el Cantábrico, en la campaña del 26-25, fue de cierta entidad. Hay quien cree que las naves habían sido construidas en el Sur de Hispania, en Sevilla, Cádiz, o en la ribera del océano, en Lisboa, allí mismo donde trece siglos más tarde un trovador cantara aquello tan hermoso de:

En Lisboa sobre o mar
barcas novas mandeis labrar.

Las naves llegaron al Norte de Galicia, en la primavera del 26 a. de C. y eligieron un puerto que les sirviera de base. Lo tenían a mano, ya construido, excepcional abrigo: Bares, el puerto de los fenicios que subían en busca del estaño, rompeolas granítico que se opone al poder del viento Norte. Fueron las primeras naves romanas que mojaron sus quillas en el Cantábrico y los pilotos, hábiles sin duda, entrenados en la lucha mediterránea contra los pompeyanos y los piratas, tuvieron que sorprenderse de la violencia de este mar verdioscuro, con sus altas mareas, las ballenas y los cachalotes a la vista, y fuera de estas bestias, desierto, sin nave camino del trigo de Sicilia y de Egipto que saludar, sin galera correo de Tarragona, a la que desear feliz viaje... *Burum,* Bares, ofreció abrigo a Agripa, y le permitió navegar a lo largo de la costa septentrional de España. Los romanos realizaron diversos desembarcos, y alcanzaron la retaguardia indígena apresurando así el final de la guerra. Agripa, friolero, se dormía envuelto en mantas de lana cisalpina, acunado por el rumor del mar. Su mirada hecha a la contemplación del paisaje latino, sujeto a medida, se sorprendería de la «estaca» de Bares, que es como un gigante derribado desde los montes al mar. Grandes ballenas, como islas oscuras, navegaban al lado de las naves, y los pilotos escuchaban el fragor de las aguas en los grandes abismos que creían ponían término al océano en el Oeste. Al Norte, estaba el mar de la última Tule con sus noches y días semestrales. Alguien vio, alguna vez, en víspera de tempestad, una hoguera en el extremo boreal. La habían encendido los de Tule para calentar la sangre de los vientos boreales (el océano siempre se prestó a estas visiones. Los breoganidas, desde el faro de La Coruña, veían una esmeralda enorme posada en las olas. Era Islandia, desde Bares se veía la hoguera de Tule, que es Islandia, o más allá. Alguna tarde, al Oeste, fue vista la isla en la que brota la fuente de la eterna juventud. Era una isla que no hay, ni hubo).

Dos mil años, pues, desde el 25 a. de C. hasta el 1975. Dos mil años de la aparición de la nave romana, sus velas y sus largos remos, en el mar cantábrico. Nuestro mar escuchó por vez primera las voces de la maniobra en el sonoro latín de Agripa, acento extraño que pronto se haría familiar. Las naves se hacían a la mar como en la perfección misma del verso virgiliano, *Aequor condescere navibus.* Sí, las naves se han hecho a la mar, ante la mirada atónita de los marineros de Vicedo, de Vivero, de Celeiro, de San Ciprián, de Burela, de Foz, de Ribadeo, y... que aún no se llamaban así, que tenían nombre de la lengua oscura de los antiguos pobladores, que aún no habían recibido el nombre latino ni es cristiano.

Hace muchos años, tendría servidor doce o trece, una tarde de verano, desde unas rocas que llaman Forxan, en la vecindad de Foz, vi pasar hacia el Norte, viento sursuroeste llenándole las velas, un gran velero, un tres palos. Me dijeron que era un velero de la carrera del trigo que subía desde Australia a Inglaterra doblando el Cabo de Buena Esperanza. Era algo verdaderamente hemoso, y muchas veces he resoñado aquel velero, con todo sus árboles abiertos. Ahora me pasa que me hubiese gustado ser un gallego antiguo celta si posible y si no un vago ligur, viendo aparecer ante la boca de la ría del Eo, en una mañana clara como allí suelen, las naves de Agripa. El Cantábrico, que rompe tan rudo en las quebradas, se quedaría tan sorprendido como yo, y, como en el verso de Swinburne, los latinos y yo veríamos «los pies del viento brillando a lo largo del mar».

Noé, carpintero de ribera

El tema del arca construida por Noé es uno de ésos que tanto han sobresaltado mi imaginación, y desde los días infantiles. Tanto la dimensión misma del arca como la ubicación dentro de ella de los animales que había que salvar de las aguas, y los alimentos que necesitaban. Cuando, por vez primera, leí textos talmúdicos y otros sobre el diluvio, escribí un resumen con mucho de lo que la fantasía hebrea había creado alrededor de Noé, el arca y la gran lluvia del castigo. Sabemos que fue Yahvé mismo quien diseñó el arca, que tenía trescientos codos de largo, cincuenta de ancho y treinta de alto. Parece ser que tales dimensiones contradicen los principios más elementales de la construcción naval, y que una nave completamente de madera, tres cubiertas y cuatrocientos cincuenta pies de longitud se habría roto con la más ligera oleada. Noé pasó cincuenta y dos años construyendo el arca. Se sospecha, con fundamento, que trabajaba lentamente, «con la esperanza de retrasar la venganza de Dios». Se cree que fue ayudado, además de por los suyos, por unos ángeles que sabían algo de naves, prácticos carpinteros de ribera. Cada piso del arca estaba dividido en centenares de compartimientos; el primero para los animales salvajes y domesticados; el segundo para las aves, y el tercero para los reptiles, y, junto al gran tragaluz del techo, para la familia de Noé. Los animales comenzaron a entrar en el arca el mismo día en que murió Matusalén, a la edad de novecientos setenta años. Noé había alcanzado ya los seiscientos años de edad. Hay una tradición que cuenta que ciertas ánimas errantes lograron entrar en el arca y se salvaron. Esto parece a Patai ser de origen egipcio. Cuando Noé cerró la puerta del arca, aparecieron setecientos mil malhechores, procedentes de todos los rincones del mundo, quienes rogaban a grandes gritos a Noé que los dejase entrar, que se arrepentían. Intentaban derribar la puerta, pero en esto llegaron manadas de lobos, leones y osos, y despedazaron a los más en su ira.

En el techo del arca colgaba de un hilo una perla. Cuando su brillo se amortiguaba. Noé sabía que llegaba el día, y cuando brillaba intensamente, era la oscura noche. Esto de la perla respondía a una cuestión muy importante y concreta: ¿cómo no perdió Noé la cuenta de los sábados, encerrado en el arca? Otros talmudistas dicen que la luz dentro del arca procedía de un libro sagrado, que el arcángel Rafael dio a Noé, encuadernado con zafiros ahilados, y en ese libro estaban la ciencia de las estrellas, el arte de curar y el saber de la dominación de demonios. Este libro llegaría, con el tiempo, a estar en poder de Salomón. En lo que se refiere a los alimentos, parece, según otro texto rabínico, que todos los animales sin excepción se sometieron a la misma dieta, a dieta de pan de higo, menos el camaleón, que se dedicaba a comer los gusanos que salían de las granadas que llevaba una nuera de Noé para postre.

Algunos talmudistas de Babilonia sostenían que

la nave de Noé se movió describiendo un gran círculo, ya que durante los primeros seis días sopló viento Sur, y los otros seis siguientes viento del Oeste, y hubo seis días de viento del Este y seis de viento del Norte, y así sucesivamente, hasta que llegó el día sin viento, en el que el arca se encontraba en el Norte mismo, que es el monte Ararat, en Armenia. La madera del arca no era de cedro, como sostienen casi todos los comentaristas hebreos, y se habla del «árbol de madera amarilla», que podía ser madera de acacia, que se da la casualidad —no es casualidad, claro—, que es la madera de la egipcia embarbación fúnebre de Osiris. Se ha intentado saber cuántas veces Noé subió y bajó, en visita de inspección, las escaleras de los tres pisos del arca, y se llegó a la conclusión que 7.777 veces, y también está averiguado que habló con todos los animales. Esta cuestión nació de la conversación entre Noé y el ave fénix. Al ver Noé que el fénix se hallaba acurrucado en un rincón, Noé le preguntó:

—¿No pides comida?

—¡Tú y los tuyos estáis muy ocupados, y no quiero causaros molestias! —respondió el ave.

—¡Quiera Yahvé que nunca mueras! —dijo Noé, bendiciéndola.

Y por eso el ave fénix resurge de sus cenizas. La última vez que fue vista el ave fénix lo fue por un agente del Emperador Rodolfo II, primo de nuestro Felipe el Prudente. Fue visto en una selva al Noroeste de Bohemia. Un par de siglos antes, fue vista por unos venecianos en una isla griega. El aire se calentó al incendiarse el ave fénix, y los venecianos temieron arder. Algunas plumas del ave fénix, que volaron, incendiaron el velamen de una nave.

Solamente se mareó un animal, el más fiero: el león. La pareja de leones se mareó no bien entró en el arca. Quedó la pareja somnolienta, inapetente, y Noé la vio tan pacífica que no vaciló en poner a su lado la pareja de gacelas.

La nave navegó sin velas y sin timón, todo el tiempo del diluvio, al garete y a la voluntad de Yahvé y sus vientos, que son seis, y todos nacen de árboles que hay en el Paraíso, excepto uno, que nace de un poco de fuego. Es curioso, pero todos estos vientos tienen nombres femeninos, a excepción del viento del fuego. Como saben, los pilotos árabes creían que se podía emparentar con un viento, el cual se ponía a su servicio, y le salía siempre por popa.

Naturalmente que hay, entre los sabios rabinos de antaño, otras opiniones acerca del arca: que si Noé construyó una nave en forma de casa, que si el arca era redonda, que si tenía forma de pirámide... Pero las mayores variaciones sobre el arca se encuentran en la pintura toscana y veneciana del 500. Hay una, pintada por un anónimo, en la que a la hora de desembarcar, terminado el diluvio, el arca aparece adornada con guirnaldas y banderas, y, lo que es curioso, en el horizonte marino hay otras naves más. Si podemos hablar de Noé como carpintero de ribera, no podemos hablar de Noé como piloto, porque nadie, como ya dijimos, pilotó el arca. Y, después de la prodigiosa aventura, como saben, Noé plantó una viña y, bebiendo su vino, se emborrachó. Como dije antes, tenía seiscientos años cumplidos cuando llegaron a la tierra, justicieras, de las manos de Yahvé, las grandes lluvias.

Los viajes a Jerusalén

Me refiero a los viajes que hicieron a Tierra Santa los hombres del Norte, los normandos, los vikingos que pasaron con sus naves las columnas de Hércules y llegaron hasta el Gran Castillo, como ellos llamaron Constantinopla. Convertidos al cristianismo después de su Rey Olaf —aquél que tanto daño hico en Galicia en la expedición de 1014—, y que ahora está en los altares como San Olaf y lo tiene Noruega por Patrón, los que llegaban a Constantinopla, como Sigurd, querían llegar a la ribera palestina, como pacíficos peregrinos y acercarse a Jerusalén, donde el Señor sufrió pasión y muerte, y acercarse a Belén, donde había nacido. Y apareció entonces una narración de viajes santos y visiones, de sucesos prodigiosos; de santos milagros. Por ejemplo, un tal Guntrid Gunnarson pertenecía a la guardia varega del Emperador de Constantinopla. Esta guardia, como su nombre indica, estaba compuesta exclusivamente por viquingos a sueldo. Cuando a Guntrid le llegó la hora de licenciarse, y habiendo quedado viudo de una griega rica, decidió ir a Jerusalén y Belén. Camino del Santo Sepulcro le sorprendió una terrible tempestad de nieve y, sin saber cómo, se encontró frente a la puerta de Belén, buscó refugio en una pequeña casa en cuyo portal se veía luz, y se halló con José y María, la cual acababa de dar a luz al Niño. Se escuchaban músicas celestiales, y por el aire andaban pequeños soles y lunas, y las estrellas bailaban cogidas de la mano. Esta imagen no es invención mía, que está en el texto, y pasó a relatos posteriores. José le dijo algo a Guntrid, y el guerrero sacó de debajo de su capote el *bowdl* de plata, parte del botín de una expedición a Irlanda, y fue a llenarlo de agua a una fuente que se escuchaba cantar en el silencio de la noche. Y dándole a José el pequeño jarro, aquél le dio de beber a María. A Guntrid le fue devuelto su jarrillo de plata, y lo guardó donde solía. Y en aquel momento quedó ciego. Una mano lo condujo como por el aire adonde había otros viquingos peregrinos. Y acontecía que cada vez que Guntrid Gunnarson contaba su visita a Belén, y cómo había estado presente en la primera hora del nacimiento del Niño, veía, y las palabras de su boca se hacían luminosas en el aire, y todos veían, si era noche, como si fuese mediodía. Cuando Guntrid terminaba de decir las palabras del relato, volvía a ciego, y como no había palabras luminosas saliendo de su boca, volvía la oscuridad nocturna. De regreso a Noruega en una nave viquinga, aconteció una tarde que oscureció repentinamente, y se levantó mucho mar, y entonces le fue pedido a Guntrid que contase lo visto en Belén, y contó, con palabras encendidas como lámparas con buen aceite, y los viquingos a su luz pudieron ver la costa a estribor y llegar a ella, buscando refugio. En la iglesia de Trondheim fue considerado como santo. Y allí había costumbre, cuando nacía un niño, de ir a buscar a un forastero que acudiese a dar un jarro de agua al padre, quien a su vez le daba de beber a la madre, en memoria de lo que Guntrid hizo en Belén.

Entre estos relatos hay uno que le ha gustado mucho al poeta Phillips Mac Calvert, quien, en su libro *Santos sin lágrimas,* se ha referido a él en en un poema dedicado a San Olaf. Este, en el último año de su reinado, tuvo un sueño: José, María y Jesús huían de Herodes, y se encontraban perdidos a la orilla del mar. Entonces, Olaf despertó angustiado. Aunque ya era cristiano, mandó llamar a un pagano que sabía viajar por el aire y convocar espectros. Se acercó el pagano al *hall* del rey, con promesa de que no sería muerto. Olaf le dijo:

—Suponte que unos amigos míos, que llevan con ellos un recién nacido, están huyendo de una terrible cólera, perdidos en una playa. ¿Qué podrías hacer por ellos y por mí?

—Podría enviarles una nave.

—¿Y el precio?

—Tus doce mejores hombres de mar, que nunca regresarían a sus casas.

Olaf no perdió tiempo. Eligió entre sus parientes los doce mejores guerreros y marineros, y los embarcó en aquélla de sus naves elegida por el mago pagano. A una palabra de éste, la nave se hizo a la mar, llevada como en vuelo por un viento que saltó a popa. Olaf pagó al mago y se echó a dormir, por ver si en sueños veía la nave llegar a tiempo. Y se durmió y volvió a soñar, y vio llegar la nave viquinga a un arenal, y cómo bajaba de ella su sobrino carnal Skuel Einarson, y recogía a los fugitivos, y haciéndoles subir a la nave los llevaba a Egipto, donde los dejaba en un jardín que se adelantó por el mar a recibirlos, cerca del faro, es decir, de Alejandría. Y al retirarse el jardín a la costa, una gran ola volcó la nave, y los tripulantes perecieron ahogados. Salvada así la Sagrada Familia, Olaf volvió a llamar al pagano.

—¿Puedo rescatar a mis parientes? —preguntó el rey.

—Puedes. Dame doce días de tu vida por ellos, y uno más por la nave.

—En la medida en que mi Dios me permite dártelos, tuyos son.

El mago eligió doce pelos en la barba de Olaf y otro más en el centro de la cabeza. Y poco después se escucharon gritos en la ribera, y era la nave con los doce sobrinos que regresaba. Estos contaron que estuvieron seis horas en la tiniebla profunda de la mar, pero tranquilos, sin miedo a ahogarse, ya que estaban viendo sobre ellos la mirada del Rey. La nave habló y dijo que quería que su madera sirviera para el ataúd del Rey, y la que sobrase que fuese quemada en los funerales. El juez Sturia, que hizo un hermoso elogio de un bandido llamado Grettir el Fuerte, elogió también esta nave, «la primera nave que habló con los hombres, y de la que puede decirse que naufragando murió y resucitó para dar testimonio de la piedad del Rey Olaf, al que costó un pelo de su cabeza».

En memoria de este suceso, en la Noruega cristianizada, el día de los Santos inocentes se quemaban pequeñas naves de madera en las iglesias. En memoria de la nave viquinga en la que viajaron José, María y el Niño, huyendo del Rey Herodes y de la gran degollación que ordenó. Unos hombres, reyes del mar, tenían que inventar forzosamente una huida por el mar.

Cabo Ortegal

Ahí donde la oscura tierra, la pizarra negra y brillante como la armadura del último rey, se empina sobre las poderosas aguas del mar. En verdad, hubo un último rey, caído en la última batalla.

Cuando el caíu coma un trebón nunha pucharca.
ferido na sufraxe, pois por outra espada
coma unha longa nuben prateada,
amargamente decindo que era El-Rei
e tiña de sentarse ainda nun escano
a perguntar pólos outros guerreiros que loitaban
ao par dil, agallopando na poeira.
Iste foi o derradeiro rei, asegún as historias.
i-eu canto agora o seu cabalo mouro
morto tamén, coma un principe, na gándara.

Largas, ruidosas olas, la crín blanca sobre el tendido cuello negro, avanzan hacia la extrema tierra, que se yergue, tal un castillo, tal El sinor: *Come to El sinore.* Casi *Gentlemen, you are welcome to El sinore.* Casi de entre mis pies ha salido volando un cuervo, describiendo largos círculos antes de posarse de nuevo en la onda azul de las *carqueixas.* «Este es Hamlet», me digo. El cielo se había cubierto de sitas y vagantes nubes, y el viento del Oeste, con su sordo silbo, lamía la desamparada desnudez de la tierra. Pero por muy áspera que esta fuese, por muy hostil y dura, aún tan vertiginosa y violentamente precipitada en las aguas, «oscura como la noche y como ella insegura» (Vigny), la antigua soledad de aquella tierra se nos aparecía como natural y propia, es decir, como humano albergue y natal terrón. No así el mar, aquella negra onda dilatada y bruante, movedizo espejo de plomo, tan ajeno y de indomable condición, extraño a la memoria y a la imaginación... Preguntándome iba, camino de San Andrés de Teixido, cómo el magín del celta pobló de Floridas y Avalones, ínsulas de San Balandrán y el santo monje Amaro, aquella temerosa llanura de agua gris y salobre, cuando a un mi amigo que llevaba la mochila se le ocurrió que era hora de merendar un algo en una ermita que llaman de la Santa Cruz, redonda y blanca como un palomar, y que tiene cabe la puerta una fuentecilla que brota muy viva, removiendo una suave arena los chorrillos cristalinos en el cuenco, muy breve, de la fuente. Allí fueron, según dicen, los señores del Temple. Ahora son altos y vengadores pinos las nobles lanzas cruzadas. En la roca viva hay labrados seis escalones, y un poco más allá restos de un antiguo y fuerte muro. En él asentamos para picar un poco de queso de San Simón, tan dorada la coda del ahumado —se quema, verde, la blanca corteza, iba a escribir: la blanca piel, del abedul—, tan gentil la cónica arquitectura; pero el queso no era bueno. *Nin que fora pra pagar un fogo,* dijo mi amigo. (Siempre he sido curioso de fuentes, como de las aguas que pasan bajo la grave geometría de los puentes. Como Leonardo, ya lo tengo dicho, gusto de emparejar los blandos movimientos de las aguas con la sonrisa de las mujeres, y ambas cosas suelen ser para mí una única y hermosa estampa. ¿Cómo no reconocer, en la sonrisa de la Gioconda, un haz de dulces ondas que renueva una rama que besa las aguas en un remanso, ondas que se tienden, deslizan y mueren en las orillas como labios? ¿De qué alegre niña aquella sonrisa de la fuente de la Santa Cruz, meciendo arena como en un encanto, brotando libre y feliz y derramándose presurosa entre las rocas?

* * *

La mar, la mar, siempre recomenzando... Ahora, el viento del Oeste, ciega de lluvia la tierra. Se oye el mar en Cabo Ortegal golpear, ronco, la muda y fría roca. El mar, decía nuestro Manuel Antonio, viene de muy lejos. Quizás en el principio fue el mar, este mar profundo, oscuro y solitario. El golpe de látigo de un faro ciñe por un instante las tinieblas, pero la luz pasa y las tinieblas permanecen. «La luz del faro se estremece, oyendo cantar al marinero.» Sí, al rayo de luz del faro, es como «el muchacho sagrado a quien un hermoso verso hace palidecer»... ¿Termina aquí, Cabo Ortegal, la tierra? ¿Qué hay más allá para los ojos y el corazón del hombre? La única respuesta es el largo, monótono, triste canto del mar, que comienza allí donde la negra pizarra, fría como la armadura del último rey, se despeñó.

...Y, en la noche, el mar

A Isidoro Muiños, señor de la Isla de San Martiño, y a José Luis Taboada, Salvador Alonso y José María Castroviejo, compañeros a bordo de las Cíes.

Alguien estuvo rehaciendo durante toda la noche el mar. Ruidosamente, añadiéndole al agua viento, llevando de aquí para allá —navegación multiforme de temblorosas luces—, las olas; todo el mar se desliza en la sombra sonora, solemne y poderoso. La isla no es mayor parcela terrena que un navío, y es fácil a la imaginación en la noche inventarse una mitología de islas navegantes, al albur gentil de la mar. La grande isla clásica —Sicilia, Creta—, o la isla continente, como Australia, no responden a la idea sentimental de isla con la veracidad con que acuden las Cíes en ayuda de una visión romántica, que no deja de acompañarnos mientras las habitamos. Las islas tienen el tamaño de una jornada de camino o de arada, y están siempre patentes sus límites al ojo humano, que les mide tanto su extensión cuanto su áspera condición de roca insumisa, fatigada del mar. Un poco menos, y ya serían inhóspitos peñascos, sólo fáciles a la gaviota y al cormorán. Pero tienen el tamaño que permite decir la palabra tierra, y ya en ellas, descubiertos los breves sembrados de patatas en la arenisca, los cañaverales en la estrecha vaguada, la fuente sabrosa y escondida, y en la zarza la gracia alada de un pajarillo, más se extrema la condición terrenal de las islas, de un naufragio antiguo rescatadas para que el hombre pudiese, en la noche, encender el fuego en el lar. Porque las islas son el hogar de algunos hombres. Melville, Stevenson, De Foe, la misma eterna búsqueda de Itaca que todo hombre mortal comparte con Odisco, ¿no están presentes en cuanto decimos, hacemos, soñamos en las islas?

Las horas se tienden al sol y al viento en esta soledad, y largos son el día y la noche. Parece como si aquí hubiésemos recobrado un reloj antiguo, más humano y sosegado. La noche se acerca desde el mar, a tientas, mezcladas las ondas de tiniebla con las ondas marinas. Los últimos *coruxos* —los pescadores de Coruxo, para quien Homero pudo decir el hexámetro: «Valerosos dueños del Océano abundante en peces»—, hace una hora que se han ido, al vuelo de las blancas velas. En la mano la copa de vino, me parece que puedo apoyar la frente en la oscuridad y en el viento y que el vino que voy a beber es un fruto lejano, robado a otras tierras más fecundas, para que aquí el alma humana pueda soportar la noche solitaria. ¿O acaso también el vino se estremece en esta nocturna soledad, como se estremece la llama? ¿No son de la misma condición? Decimos versos en la noche, como para que los oiga el mar, pero el más profundo significado y canto de las palabras se desdibuja ante el fuego encendido en el hogar y en la lámpara; me parece que es por el fuego, y no por la palabra, que aquí tenemos la condición humana. El fuego es nuestro tesoro, y, si Ulises llega ahora, antes que a nuestras palabras tenderá sus manos al fuego.

Con la noche, el mar ha llegado tan cerca, que suena en la almohada como en la playa, y rompe junto a mi sueño. Te acuna el mar con lejanas memorias, siempre repetidas, y desde el sueño atiendes al inacabable ovillo. No quisieras dramatizar, pues Vigo está a una hora, y si abres los ojos ves rielar las luces. Pero hay algo que te es necesario, que forma parte de tu sed, de tu temor y de tu sueño, y que no es más que una pregunta de una sola palabra; que acaso ya ni sea una pregunta, sino una voz que cada vez más lentamente al oído te dice: lejos, lejos, lejos... Mallarmé dijo mejor en dos versos: «Sé que hay pájaros que están borrachos de vivir entre la espuma desconocida, y los cielos». ¿Acaso esta isla, estas rocas, son, Señor, mis alas?

Amanece vivazmente, *allegro* en el cielo, en el viento, en el mar. Hemos estado viendo cómo Dios hace la mañana, después de haberle oído en la noche cómo rehace el mar. Por veces, las manos de Dios bajaban hasta las aguas, poniendo la neblina verde y fría sobre las ondas. Y conforme va amaneciendo, y descubres las vecinas tierras y reconoces la mano abierta de la ría, te sorprendes de no haber viajado en la noche, de no encontrarte lejos, libre y maduro, en la mar mayor. Vienen los *coruxos* otra vez, matutinas gaviotas; la soledad huye, el mar se hace más breve, y hasta a las olas que riza el N. O. les buscas, en la espuma feliz que las corona, cantigas de Martín Codax. A la fuente que brota en el cañaveral voy a lavarme, a la caricia de su chorro frío, y me paro a oír el pajarillo que pía en la rama de un sauce. Me sorprende a mí mismo repitiendo un verso.

Me recobra la tierra cada día...

Es de Franz Werfel. ¿No podía decir: «Recobro yo la tierra cada día...»? Y apoyo mi mano en la roca de la que brota el agua, como quien con una vara bíblica apresurase al esquisto en el desierto para que calmase la sed del pueblo fugitivo.

—Daría algo —le digo a José María Castroviejo— por oír ahora una campana. Tenemos que traer a las Cíes una campana para el alba, una pequeña «salvatierra» argentina. ¡Llama, fuente, campana! Una campana que supiese decir: «¡Bendita sea el alba y el Señor que la manda!». Le gustaría oírla al hombre y al mar.

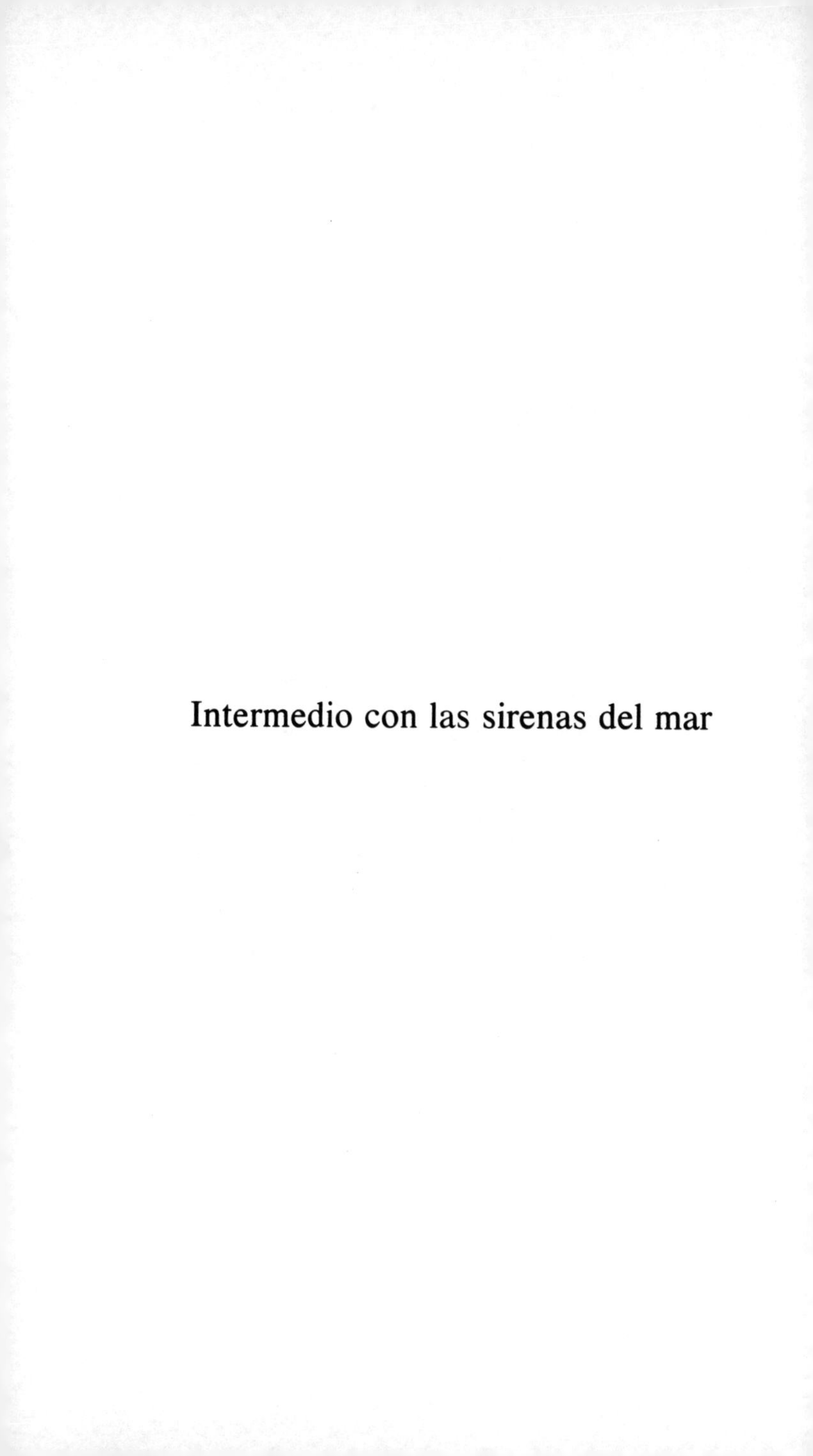

Intermedio con las sirenas del mar

Sirenas sin ombligo

En un colegio brasileiro, a los alumnos de dibujo les fue puesto por tema la imagen de la sirena. Y habiendo pintado la encantadora de la mar todos los alumnos, solamente a uno se le ocurrió ponerle ombligo dos dedos encima de donde empieza la escamosa cola de pez. El profesor —según leo en un periódico carioca—, le dio a éste la máxima puntuación. Aun tratándose de arte hiperrealista, habría que ver si la sirena del premiado era la más al natural de todas las pintadas. Y habría que ver, sobre todo, si las sirenas tienen o no ombligo. Y el caso es que, en todas las descripciones que de ellas haya, nunca se ha dicho que las sirenas tengan ombligo. Confieso que éste es asunto que a mí me ha preocupado. A don Ramón del Valle-Inclán, le preocupó cómo pudo haber amor carnal entre una sirena y el paladín Roldán, y cómo de aquel inverosímil coito pudo nacer un niño al que fue puesto el nombre de Palatinus, depositado por la madre en un arenal gallego. Recogido el niño, por corrupción de Palatinus, se dijo en lengua de Galicia Paadin, y de él, por matrimonio con una infante del país, descienden todos los que llevan ese apellido en Galicia, y además los Mariño de Lobeira y los Goyanes. Un ingenio gallego del primer tercio de este siglo, don Narciso Correal y Freire de Andrade, solucionaba el caso diciendo que la sirena se bajaba la piel marina de la cola como mujer que se baja la falda... Pero, la verdad, volviendo a tratar el asunto en serio, es que la sirena carece de ombligo, y cómo engendra de humano y pare es un enorme misterio.

Y mi preocupación por el ombligo de la sirena, antes de que el director del colegio brasileño abordase el tema, lo pruebo con un pasaje de mi libro *Cuando el viejo Simbad vuelve a las islas,* cuya primera edición fue publicada en 1962. En el capítulo V, repito lo que el piloto del califa de Bagdad contaba de sus amores con una sirena de las Molucas, llamada Venadita. A la sirena le había dado por probarse toda la ropa de Simbad, y lo hacía entre besos y caricias, y esas palabras que lanzan sin ton ni son las sirenas, y están hechas de piedras preciosas que salen de entre sus labios y van a caer al mar. Y un día en que entre unas rocas jugaban los enamorados y ella empeñada en probarse las bragas del piloto, éste se dispuso a quitárselas, y fue cuando Venadita se dio cuenta de que Simbad tenía ombligo.

—¡Mucho se rió! —dice Simbad en mi narración—. Todos los días, mientras estuve en las Molucas, tuve que permitirle que lo contemplase, y metía en él el dedo meñique, ¡y hasta una vez se propasó y me dio un beso allí!

Cuando Simbad regresó a Basora, la sirena le gritaba desde el mar, en la tristeza de la despedida, que mucho iba a echar de menos los juegos con el ombligo al sesgo del gran piloto.

Otro problema de tanta gravedad en sirenas como el de su ombligo es el de su edad. He leído que Vicente de Beauvais les concedía la edad humana y no más, mientras que los alejandrinos les permitían dos o tres centenas de años, y sin que perdiesen nada de su hermosura. Probablemente haya que solucionar antes la gran cuestión de la división de las sirenas en dos familias. Las sirenas de la *Odisea* eran mitad mujer y mitad pájaro, mientras que las sirenas de las imaginaciones nórdicas eran mitad mujer y mitad pez. Al principio fueron como la imagen de los peligros de la navegación marítima y, más tarde, la imagen misma de la muerte, de la seducción mortal. La sirena es verdaderamente peligrosa, tanto como hayan podido serlo para los griegos las arpías y las erinnias. Marguerite Chevalier ha dicho que, si se compara la vida a un viaje, las sirenas son la representación de las emboscadas y los escollos, nacidos de los deseos y de las pasiones, «creaciones inconscientes, sueños fascinantes y terroríficos, la autodestrucción del deseo, al cual una imaginación pervertida no presenta más que un sueño insensato en lugar de un objeto real y de una acción realizable».

Pero otras leyendas hay. Por ejemplo, de genios perversos y de divinidades infernales, las sirenas se han transformado en seres benéficos, inmortales, que en las aguas de las islas Afortunadas dan conciertos a los bienaventurados.

Realmente el problema de si la sirena tiene o no ombligo, al lado de esta gran cuestión de su significado en lo medular del destino y de la condición humanos, no significa nada. Tampoco significaba nada el problema de si la sirena es comestible o no. Yo se lo preguntaba un día al profesor Fernando Pires de Lima, gran amigo, director que fue del Museo Etnográfico de Oporto, y autor de un memorable libro sobre las sirenas, si la sirena era comestible, si él tenía alguna noticia de que alguien hubiese alguna vez comido sirena y de qué modo cocinada. Se me quedó mirando, en el rincón de la bodega portuense en la que probábamos algunos vinos antiguos, y me respondió:

—En primer lugar, la parte de la cola, la parte pez, comerla no sería antropofagia. En segundo lugar, sería una cuestión más de imaginación que de apetito. *E isto fica fora da cozinha!*

Cisoria de pescados de don Enrique de Villena

En el capítulo IX de su *Arte Cisoria,* se enfrenta el muy noble señor don Enrique de Aragón, más conocido como don Enrique de Villena, con la grave cuestión «del tajo de los pescados que se acostumbra en estas partes comer». Y el primero de los «pescados mayores» con el que don Enrique topa es con la ballena, y nos advierte que dado su tamaño no se «*entera adobar non se puede*», aparece en los mercados en «*pedaços pequeños e tuérdegas*». (Previamente, don Enrique ha advertido que la ballena es el más grande de todos los «pescados mayores», aunque hay algunos que dicen que la sirena con ella se iguala en tamaño, pero la sirena ni se pesca «*nin comen della*»). La ballena se sala y se conserva durante mucho tiempo y, como tiene mucha gordura, se hace de ella aceite. Es carne pesada, y «*lo magro tájase menudo por la duresa suya*». Lo mismo se hace con el delfín. Don Enrique se para, muy especialmente, en cómo se ha de cortar el sollo. Me atrevo a pensar que no se trata del pez que en Galicia denominamos así, y que alguna vez pueden dar por lenguado. Dice don Enrique que «*el sollo es noble pescado e sabroso, e por eso en el tajo suyo más se engañaron, acatada la grandeza de su cuerpo*». Estamos, pues, ante un pescado de gran tamaño. No se acostumbra a servirlo entero, sino en ruedas partido, «*e tiene muchas ternillas*». Hay que cortar lo magro con lo grueso, es decir, con la grasa aparte, tajadas anchas y delgadas con un primer cuchillo y, si la parte a cortar fuese la magra, con un segundo cuchillo se corta más menudo, «*mayormente lo cercano al hueso*». Pero lo más importante de este pescado es que tiene muchas tetas con pezón, como cerda, y entonces, con un tercer cuchillo, «*el gañivete pequeño*», se parte en bocados Y aun se hace empanada: «*eso mesmo facen de lo que fuere en pan...*». Sin duda, el sollo de don Enrique de Villena no es el sollo nuestro. Las ideas biológicas de don Enrique de Villena, como es sabido, son más bien un poco extrañas. Por ejemplo, sobre la naturaleza del salmón. Dice textualmente que «*el salmón se face de la trucha cuando del agua dulce se pasa a la salada*». Es un pescado «*glutinoso e tierno*», y se sirve en ruedas, debido a la *grandesa* de su cuerpo, y hay que quitarle la piel con el *gañivete* chico: canivete que decimos los gallegos de una navajilla, *knife,* que dicen los ingleses.

El sábalo es muy tierno y es espinoso, y por eso hay que servirlo troceado en menudas partes, quitándole las espinas. El congrio fresco —que corría por las Castillas y el Reino de Valencia mucho cogrio salado y seco; todavía en algunas partes del litoral atlántico gallego se seca el congrio— dice que se taja a lo largo con el cuchillo, primero, es decir, el mayor, dando un tajo fondo, y después, se cortan tajadas perpendiculares al corte primero longitudinal, hasta llegar a la espina. Y lo mismo se ha de hacer con la pescada, es decir, la merluza. El mero se taja igual que el sollo. Cortar la trucha para servirla en la mesa es complicada cosa. Primero se aparta la cabeza y después se abre por el lomo, comenzando desde la cola con el gañivete, y se quita la espina, sirviéndola abierta. Y hay noticia que es novedad, que es que «*a algunos place, de trucha, esa comer la espina*». Si entiendo bien a don Enrique de Villena, la espina central de la trucha se asa mucho y se apartan las espinas quemadas «*e quedan los nudos*», y lo que parece ser que se come y es muy sabroso, «*el nervio que pasa por ellos*». Parece cosa de cocina china. De la misma manera que la trucha, se cortan el pagel, el besugo, el pámpano, el lenguado, la dorada. A la langosta se le quita el caparazón y su carne es recia. Es decir, don Enrique a la carne de la langosta y de los langostinos y otros mariscos le llama «pescado». Así dice que hay que quebrar «*las cañas de sus piernas*», es decir, las patas, «*sacando el pescado dellas*». En lo que se refiere a las ostras, hay que «*partir sus conchas*», pero si en la mesa estuviesen grandes señores, ya se traen abiertas a ella, «*e con la broca sacan su pescado*».

Don Enrique recomienda que lo menos que se pueda se debe tocar el pescado con el cuchillo, porque los peces, con su viscosidad, toman «*del sabor del fierro*». En los pescados «*duros, la cortadura escusar no se puede*», pero, en los otros, lo mejor es partirlos a mano. En la mesa, claro: cada uno de la fuente irá tirando la parte que prefiere, así que el maestro cisorio ha partido el pescado.

Don Enrique nos da una lista de los pescados salados y secos que corrían entonces. Eran muchos: congrio, pescado, atún, pulpo, sábalo, lija, mielga, arenque, sardina y cazón. Y, finalmente, don Enrique, pasando de lo salado a lo fresco, nos da unas precisiones muy útiles, sobre la merluza: la pescada, «*su cabeza es lo mejor, e lo que está cerca della, si fuese frita*», y de la cocida los toros más grandes, por lo abierto.

Esta, limitada, caótica, extravagante, es la cisoria de los pescados que quería don Enrique de Villena ver en el servicio cortés de las mesas principales. Item más, cuando un lunes, día 6 de septiembre, termina de escribir el *Arte cisoria* en su villa de Torralba, que era lunes, y el año, el 1423, don Enrique lo que pretende es educar a la gente en la mesa, en la que no hay más instrumento que la broca y los varios cuchillos, y en mesas aristócratas, cuchara, y el tenedor aún tardará un par de siglos en aparecer, y hay que comer con los dedos. Don Enrique suplica que su obra sea «*comunicada*», propagada para mejoramiento «*del político vivir e diriçión de buenas costumbres de los señores, ante quien cortaren lo que este oficio tuvieren*». Además quiere demostrarle a Sancho de Jaraba si en cortar con le cuchillo en la mesa de Rey hay arte. Aún tendría que haberla mayor en los que comían con la mano. La priora de *Los cuentos de Canterbury,* de Chaucer, comía tan delicadamente llevando el bocado en las puntas de los dedos que era una delicia verla en el almuerzo.

Barato de sirenas

Dejando a un lado griegos y romanos con sus antepasados míticos, podemos hallar en las cartas ejecutorias de la nobleza española, y de la europea en general, a extraños ascendientes, que, si hacemos caso, por ejemplo, a la Real Chancillería de Valladolid, no hay más remedio que aceptar. Familias hay que probaron venir de Pompeyo, del Rey Wamba, de un sobrino de Carlomagno o del Basileo de Constantinopla. Yo conozco a alguien que entre sus abuelos tiene nada menos que a un emperador romano, a un rey lombardo y a un par de Francia, y por Zaragoza andaba, hace bien pocos años, nada menos que el que se decía Láscaris, emperador de Bizancio, rey legítimo de Grecia. Claro que le discutiría estos títulos el descendiente del último Paleólogo que reinó en Constantinopla, y que no se sabe cómo apareció en Cornualles, en Gran Bretaña. Steven Runciman, el gran historiador de las Cruzadas y de la caída de Constantinopla, no cree en tales Paleólogos de Cornubia —familia, por otra parte, que acabó en Barbados—, y dice que las dos patéticas águilas esculpidas en el sepulcro de Teodoro el Paleólogo en la iglesia de Landulph en Cornualles, «lamentablemente están fuera de lugar». En Francia hay un ilustre linaje que dice descender de Simón Cirineo, y otro, los Lévi-Mirepoix, emparentados con la Virgen María. Se ve que en Francia no regía el estatuto de limpieza de sangre, con lo cual no importaba tener en la propia unas gotas de la hebrea. De un duque de Lévi-Mirepoix se contaba que, cuando iba a oír misa a Nôtre-Dame de París, decía:

—¡Voy un rato a casa de mi prima!

Hablo de esto ahora mismo porque, en una revista belga de genealogía, un erudito en estas cuestiones estudia nada menos que dicisiete linajes de Bretaña, Flandes, Dinamarca, Inglaterra e Irlanda que dicen descender de sirenas de la mar. Si el profesor Van Oesten estuviera al tanto de las genealogías gallegas, tendría que añadir alguno más, que aquí también hay descencia de sirena: los Mariño, los Padin, los Goyanes, que creo vengan todos de la misma fábula. (Yo estoy entre éstos, por mi abuelo paterno, don Carlos Cunqueiro y Mariño de Lobeira.) La cosa es que una sirena de la mar apareció preñada nada menos que de don Roldán, el amigo de Carlomagno, que tan triste muerte tuvo en Roncesvalles. Dónde se conocieron el señor de la marca de Bretaña y la sirena nadie lo dijo. Cómo fueron de solazados aquellos amores, y cómo el caballero superó las dificultades que llamaremos físicas y engendró en la niña cantora, *nin se sabe*. A los nueve meses, la sirena apareció en una playa gallega, creo que del mar de Arosa, y parió. Gente atraída por su canto, recogió al hijo, un hermoso mamoncete, que fue bautizado Palatinus por ser su padre el paladín Roldán. Sería la sirena quien lo contaría a quienes se quedaron con el crío para criarlo, mientras la madre se volvía a las mareas. Y de Palatinus, por corrupción, vino

Paadin, Padin. Y, por aquí, por Galicia, andamos unas cuantas docenas de descendientes del hijo de la sirena, y la verdad no se nos nota en nada. ¡Si hubiéramos conservado de la sirenita el enorme poder de seducción! En fin, si en la familia hay un ginecólogo, debía de ponerse a estudiar cómo pudo engendrar, cómo pudo parir. Por las piedras de armas se ve que era una verdadera sirena, muy feliz, de pechicos levantados, y con una cola que se parece a la del salmón, el más perfecto de los peces.

Hace varios siglos que no se ven sirenas de la mar, ni se escucha su cantar cálido y persuasivo. El padre Feijóo no creía en ellas: no las hubo nunca, decía. En cambio creía en los tritones, «aunque su voz haya sido escuchada modernamente». En cambio, en Normandía, en Ruán, se creyó tanto en ellas, que los canónigos quisieron cobrarles impuesto en los días de los cardenales de Amboise, y cuando allí fue quemada Juana, la buena lorenesa. Si un mozo aparecía muerto en la desembocadura del Sena, los canónigos acusaban a las sirenas y las multaban, y las convocaban a que viniesen a recibir el castigo junto a la Puente Matilde. Alguna debió acudir a la cita, porque los canónigos sabían que una de las señas de la sirena era el no tener ombligo.

Ustedes dirán que andamos perdiendo el tiempo en tonterías tratando de sirenas. Quizá. Pero por lo menos más divertida, sabrosa cosa es que tratar de bioenergética y de extraterrestres. Ahora mismo, lunes 5 de noviembre, a las dos y media de la tarde, he visto en la «tele» a un profesor de bioenergética y a un tipo que rastreó todas las huellas posibles de extraterrestres en el planeta nuestro. La verdad, escuchando a tales «científicos», uno se pone colorado. En un país como España, donde tan poco aprecio se da a la ciencia verdadera y al estudio, donde la investigación científica gasta menos que una jornada de quinielas, es bien detestable cosa el echar esos retazos a la gente. Quedémonos con las sirenas.

Abundancia de sirenas

Dos o tres días después de escribir para ustedes que no se escuchaban este año *boatos* acerca del submarino poblador del lago Ness en Escocia, ni se recibían noticias de la familia secreta que nada en el océano, leí en los periódicos que unos pescadores egipcios habían cogido en sus redes nada menos que media docena de sirenas. Pero la noticia no decía más y, así, ignoro si las sirenas estaban vivas o muertas, si eran blancas o negras, rubias o de oscura y crespa cabellera, y si verdaderamente eran lo que tradicionalmente hemos venido los europeos considerando sirenas, es decir, mujeres hermosas con cola de pez, tal como saluda una en el puerto de Copenhague, en piedra. (En los días de Ulises, el héroe de las batallas y de los discursos, las sirenas eran criaturas aladas, como en los días del celta Laimfinl, señor de muchas naves, y cuyas manos brillaban como lámparas encendidas en la noche para que aquéllas siguiesen a la suya. Ulises y Laimfinl quisieron escuchar el canto seductor de las sirenas y mandaron que los atasen al mástil de su nave para no ser arrastrado por aquél a las olas.) Tampoco sabemos si las sirenas egipcias dijeron algo antes de morir y si los pescadores egipcios las consideraron comestibles.

Yo he oído en mi país gallego que las sirenas, para seducir a los marineros mozos —la sirena llama al hombre para amores, y en Galicia hay por lo menos un par de familias que descienden de sirenas, los Padin y los Mariño de Lobeira; mi abuelo paterno era de esta última y llevaba el apellido—, les ofrecían grandes tesoros, amén de la frescura dulce de su cuerpo. Por ello, yo, en un texto mío de juventud, saqué a una sirena que decía tener su casa en una ciudad bajo las aguas, justo mismo donde desemboca el que llaman canal romano, porque por él discurren las aguas de Roma, las tiberinas. Estaba, pues, la casa de la sirena allí donde desemboca el Tíber: el Dante lo dijo con esa grave y precisa expresión tan suya: «*Dove l'acqua del Tevere s'insala...*» («Donde el agua del Tíber toma sal»). La sirena le decía al mozo a quien contaba de su casa que el canal romano era vicioso de tesoros, porque «ya sabes que en Roma se pierden, sólo en los puentes que pasan el Papa, los cardenales y los romeros, unos seis tesoros al año. El canal romano los lleva, oro y pedrerías, hasta la puerta de mi casa, y si vinieras conmigo por mi enamorado, todo el galano sería para ti». Pero, en Ruán del Sena donde tanto se supo de sirenas que hasta hubo un tribunal para juzgar a las que se pescasen, acusadas de engaño y homicidio, no se creía en lo de los tesoros. La labia la gastaban las sirenas en encender de amor al joven transeúnte solitario de las playas y en ofrecerle, con cama deshecha, la eterna juventud. El amor de las sirenas, de las criaturas de la mar —y también han creído en esto los gaélicos y los normandos—, era como llegar a una de las Floridas del Atlántico y beber de la fuente de Juventia, de la eterna juventud. Lo que era más importante que amontonar oro.

Por otra parte, además de que las canciones de las sirenas eran ininteligibles —lo que no quitaba nada a su capacidad de seducción: una buena declaración de amor ha de contener ciertas dosis de incoherencia: ¿qué misteriosa y desbordante pasión se me ofrece en estas frases misteriosas que no entiendo?; Julieta se lo diría escuchando a Romeo, y Melibea a Calixto—, tras las canciones venían largos diálogos que recuerdan el de la novela «Flamenca», cuando a esta sabrosísima señora se le declara su apasionado, dándole en la misa la paz. La sirena le decía al mozo: «Un día te diré una cosa». El mozo preguntaba: «¿Cuándo?». La sirena se iba. Al día siguiente aparecía respondiendo: «¡Mañana!». El mozo decía: «¿Qué cosa?». Y la sirena se iba sin responder. Hasta que un día salía la palabra amor en el diálogo y el mozo ya estaba curioso, anhelante, y, si me lo permiten, rijoso, con el agua al cuello, literalmente. El pretendiente de Flamenca, al darle la paz, se queja de tal modo que solamente ella puede oírle: *¡Ahí las!* ¡Ay de mí! En la misa del siguiente día es ella quien habla. *¿Qué plans?* ¿De qué te quejas? Al otro día es él quien habla: *¡Mor mi!* ¡Me muero! Y así va siguiendo el diálogo:

—¿De qué?

—¡De amor!

—¿Por quién?

Ya estamos en el séptimo día. El enamorado va a declararse: *¡Per vos!* ¡Por ti! Y ya todo ba sobre ruedas. Ella le dice que acepta curarle y discurren cómo y dónde verse. *¡Als bans!* ¡En los baños! Y en los baños se besarán, y pasará todo aquello que se suponen, antes de leer la novela de Flamenca, los lectores de estas líneas.

Bien: éste era el método. Yo tenía en una de mis libretas una nota sobre una sirena que le fue mostrada a Felipe II en Génova, cuando pasó a Italia para ir desde allí a los Países Bajos a asistir a la abdicación de su padre, el César. No recuerdo ahora si la sirena ésta estaba viva o muerta y si intentó alguna seducción sobre el joven Austria, a quien entonces todos veían como a un príncipe encantador. Era, además, bastante aficionado al sexo femenino, aunque parece ser que las más de sus aventuras las tuvo con señoras de escaleras abajo. En Inglaterra, cuando fue a bodas con la *bloody Mary*, le sorprendió gratamente la costumbre que tenían las damas de besar en la boca a los caballeros, saludándose o despidiéndose. Tan gratamente como la misma cosa sorprendió a Erasmo. ¡Miren que si la sirena de Génova se nos lleva, mar abajo, al gentil Felipito no hubiéramos tenido un Rey Prudente! Las cosas como son.

La sirena de Génova

En 1548, nuestro don Felipe, viudo de doña María de Portugal y tan gentil mozo, dorado el pelo, como lo pintó el Tiziano, llegó a Génova, pasando por el camino más largo hacia los Países Bajos, adonde iba, para que lo conociesen los flamencos, amén de ver al sienés Bártolo, vio una sirena. La sirena estaba muerta de pocas horas, y decía yo que «tranquilamente muerta, y no podía cantar», como en el verso del poeta inglés Walter de la Mare. La noche de bodas de Felipe y María, la dulce niña portuguesa, fue en un palacio salmantino donde ahora está la central telefónica. Creo recordar que se conserva una alta ventana, la ventana de la cámara nupcial. No me extrañaría nada que, en las noches de Salamanca, en mayo, tan surtidas de ruiseñores nostálgicos, se cortasen todas las conferencias porque los ecos de las palabras amantes de Felipe y los suspiro de la tímida lusitana buscasen los hilos del teléfono como el alma busca cuerpo. Y, aunque parezca mentira, Felipe sabía hablar a las mujeres, y era muy dado a tener conversaciones con la femenina juventud. En Italia mismo, en aquel viaje, el español gustó mucho, cortés y letrado, príncipe renacentista. María murió en Valladolid pocos días después de haber dado a luz, y a causa, según certificó el protomedicato vallisoletano, de que sus ayas, teniendo la *portuguesinha* sed, le dieron una limonada, cosa que estaba vedada a paridas y se tenía como pócima mortal en el caso. ¿Cuándo Felipe vio en Génova la sirénica muerte, «como si estuviese nevando debajo de su fina piel, tan pálida estaba», dijo Eugenio Montes; cuando la vio Felipe, recordaría a su rosa de Lisboa, blanca y difunta? ¡Quién lo sabe!

La sirena, según ha contado Farinelli en un delicioso artículo llevó un agua de socorro, que pese a la oposición del señor arzobispo le echó un franciscano poco antes de las últimas boqueadas. Esa agua de socorro dio mucho que hacer, porque pasando la sirena de Génova a cristiana, lo pedido era darle tierra sagrada. Vino a solucionar la espinosa cuestión el que unos, que nunca fueron habidos, robaron el cuerpo de la sirena. Yo tenía la separata de no sé qué revista con el trabajo de Farinelli y un grabado de la doncella marina, que me había regalado Rafael Sánchez Mazas. El ilustre autor de *La vida nueva de Pedrito de Andía* me ampliaba el texto del gran hispanista, contándome que, poco tiempo después de muerta, la sirena genovisca, comenzaron a venderse manojos de sus cabellos en las ricas ciudades de Italia, y eran muy apreciados porque eran insecticidas, no dejaban salir las canas y prevenían la calvicie, frotando con ellos el pelo humano. Sánchez Mazas afirmaba que alguna que otra vez, en inventarios italianos de ilustres casas toscanas o lombardas, aparecen, entre las joyas, los manjillos del suave, perfumado, rubio pelo de la sirena del mar ligur.

En fin, estaba muerta y no podía cantar. Repitamos que, al contrario de la de Walter de la Mare —«una débil aventurera en un mundo tan amplio»—, la sirena de Génova no se deshizo en arena, y acaso el ladrón no lo fue sólo por el cabello prodigioso. Quizás un loco enamorado quiso contemplarla una hora más, en secreto. Mayores locuras se vieron, y ya dijo Don Quijote que nadie sabe nada del alma de nadie.

Sobre la zoología del mar con la epístola consoladora y apócrifa de Santiago Apóstol a los salmones que remontan el río Ulla

Las bestias del Tenebroso

Conviene decir que los gallegos estamos asustados —los gallegos del litoral, los del Finisterre—, porque de nuevo en el océano Atlántico, en el mar Tenebroso, han aparecido grandes bestias. Parejas a aquéllas que habíamos dado por inexistentes desde que fueron descubiertas nuevas tierras al Oeste, y se abrieron en el mar, hacia allá, caminos cotidianos. Jasconius, cuyo oscuro lomo confundió San Brendan en su navegación con una isla desértica, ya se ha ido a otros mares o a otros abismos. Según los talmudistas, a Jasconius, lo mismo que a Behemoth, lo había creado Dios en el quinto día. Behemoth es terrenal, una especie de buey, semejante a una montaña, y comestible su carne, pues ha de servir para un banquete de justos después del Juicio Final. Jasconius es marino: desde que fue creado, está intentando saber el tamaño de su cuerpo, y por eso busca con su boca morder la punta de su cola. Está en este trabajo incansable, y todavía no ha llegado a cumplirlo. De Leviatán, otra criatura del quinto día, y al parecer, anfibia, bestia maligna, cuyo aliento putrefacta, nada se sabe recientemente, si no es porque los filósofos han divagado sobre ella, teológica y políticamente. El antiguo Tenebroso quedó aclarado mucho tiempo hace. No solamente perdió las bestias antiguas, sino que perdió también las estancias felices que la imaginación medieval llamó las Floridas, esas islas del perpetuo verano y de la eterna juventud. Estas islas surgían siempre a estribor y en horas de calma, a la anochecida. Caía el viento y la nave no avanzaba, y a los marineros sorprendidos, a don Amadíos, por ejemplo, les llegaban por el aire músicas dulces y perfumes vivaces, ésos que prefería Stendhal para las hermosas toscanas de largo cuello. Ya no hay nada de eso: los caminos están por mapa, y los prodigios se han acabado. Ni la tan discutida serpiente de mar ha sido vista desde la guerra submarina de los años 14-18, ni ningún *kraken,* pulpo gigante inventado por un obispo sueco y capaz de retener entre sus largos y poderosos tentáculos un bergantín, ha sido reconocido modernamente. De sirenas, ya ni hablar... Los americanos inventan tiburones para sus películas, y eso es todo.

Pero en estos últimos tiempos han surgido otras bestias: los grandes petroleros. Animales frágiles, que se rompen fácilmente, o revientan, y entonces vierten en el mar el contenido de sus enormes vientres, un líquido mortal que da muerte a los peces y a las aves marinas, y se tiende como un manto negro por las blancas playas, y embadurna las rocas, y siembra la muerte allí donde se posa... Frente a las costas gallegas pasan diariamente varias de estas enormes bestias, y algunas se acercan en demasía, y aun hay las que tienen puertos nuestros como destino. Las famosas doscientas millas de aguas jurisdiccionales de nada sirven para la pesca, pero podían servir para que esas bestias de que hablo navegasen fuera de ellas, y así tendríamos tiempo para prevenirnos de eso que se llaman las mareas negras. Ahora, la costa de Lugo, las Mariñas, están padeciendo una, producida por un petrolero griego que llevaba crudos desde el golfo Pérsico a Amsterdam. ¡Las Mariñas de Lugo! Una hermosísima franja de tierra, tendida entre oscuros montes y el mar, vestida de clara luz, cereal y pratense, y, en el borde mismo de las olas, las más limpias playas de la más fina arena... Una capa de treinta centímetros de espesor posa sobre las más de ellas, y la gaviota que la toca con su plumaje, muere. La gaviota, el ave más libre del mundo, borracha, como dijo el poeta, de vivir entre la espuma y los cielos.

Supongo que no se nos va a dejar solos a los gallegos ante esas nuevas bestias, y que eso que se llama el Estado tendrá algo que decir. Ya estuvimos demasiados siglos delante del Tenebroso, recogiendo en él parvas cosechas y pagando con vidas humanas. Nos han borrado la fábula de las Floridas, y todos los otros prodigios marinos. Ya no podemos hacer el amor con las sirenas —cosa para la que, en un momento dado, pareció estar el gallego muy dotado—. Ya no vemos en las primaveras el lomo de Jasconius, es decir la isla de San Brendan, ni hay naves de don Amadís en el Atlántico. Tampoco podemos pescar donde solíamos, por mor de las limitaciones que impone el Mercado Común. Difíciles licencias hacen falta para ir al Gran Sol a echar las redes. Quedamos reducidos a aprovechar nuestras aguas, y cuando intentamos acomodarnos a lo que puedan dar, se nos mete en ellas la nueva y enorme bestia marina, vertiendo líquidos fatales.

Podemos asistir a la muerte del mar, cuya piel el hombre no se cansa de ensuciar cada día. A la muerte de nuestro mar. Todo depende de que tres o cuatro bestias de éstas hociquen contra el Finisterre y se desangren. Es muy sencillo. Es perfectamente previsible.

La cerda marina y el pez con barba

Estos dos peces monstruosos fueron dibujados para acompañar los estudios teratológicos de Ambroise Paré. La cerda marina, que gruñe como puerco y hocica, pertenece a la tradición viquinga. Los hombres del mar, cuando daban con ella, la comían asada, después de pelarla cuidadosamente. La de que se hiciera sopa con sus pezuñas, parece invención de Willy Ley, influido por las noticias de la cocina china, por la sopa de aleta de tiburón, por ejemplo. Aunque en el grabado para las obras de Paré no se le vean, la cerda marina, según las más puntuales descripciones, tiene trece mamas, siete a la derecha del vientre y seis a la izquierda, y el número de crías en cada parto es siempre impar, sobre cinco, y de ahí el número impar de mamas. Con mucha frecuencia ha sido capturada, por lo menos hasta el siglo XVIII, en los mares de Escocia, y alguna vez en compañía de sus lechones, los cuales asados eran considerados exquisito bocado. Los colmillos de la cerda marina tuvieron un lugar importante en la Medicina escocesa, y todavía en 1864 podían verse varios en la botica de la Facultad de Medicina de St. Andrew, en Edimburgo. Su polvo se estimaba cicatrizante, antirreumático y afrodisíaco, si la cerda marina estaba en celo, lo que se conocía por el color rojizo de su cola, que parece excitaba al macho. Y aquí viene el problema más importante de la cerda marina. Ya el cardenal Hiller, autor de una *Historia de Inglaterra,* y hombre al que hay que creer, pues vio a una sirena metida en una bañera en una casa rica de Escocia, pasar las tardes calcetando; digo que ya el cardenal Hiller se mostraba sorprendido de que nunca hubiese sido pescado o cazado un cerdo marino. Más tarde hubo quien opinó si la cerda marina pasaba por breves períodos de masculinidad, estado anormal que solamente lograba cuando llegaba la época de celo. Pero el hermafroditismo temporal de la cerda marina no ha sido confirmado. Gipsy, el de la palingenesia, habló de la partenogénesis tratando de la cerda marina. (Lo cual, digo yo, pudiera incitar a creer que la cerda marina es de nación inglesa, porque, como saben, es Gran Bretaña el país del mundo donde más casos de partenogénesis se han dado, y existe una asociación a la que pertenecen dos miembros de la Cámara de los Comunes y uno de la de los Lores, que defiende la necesidad de un estatuto que proteja jurídicamente y reconozca su asombrosa condición a los hijos nacidos de madre sin intervención alguna, ni próxima ni remota, de un padre.

Finalmente, la leche de cerda marina quitaba las verrugas y, enjuagándose con ella, acababa con el dolor de muelas. En el XVI, la leche de cerda marina servía como prueba antipapista. Si uno se enjuagaba con tal leche, y no le pasaba el dolor de muelas, es que era papista. Varios fueron quemados. La cerda marina ha sido vista en tierra varias veces, moviéndose lentamente por los campos vecinos al mar.

El pez con barba, también dibujado para la edición de 1572 de las obras completas de Paré, es habitante del Báltico, y, aunque en el grabado aparecen las barbas como largas agujas o espinas, es defecto del dibujante, porque «este monstruo tiene la barba redonda y tirando a rubia, muy bien partida, con la sorpresa de que parte de ella le nace dentro de la nariz, y le baja abierta hasta unirse con los laterales de la barba propiamente dicha». Este monstruo está muy orgulloso de su barba y, cuando se encuentran dos de la especie, con la lengua y los dientes se hacen el uno al otro servicio de peluquería, recorte y peinado. La corona alrededor de la cabeza es córnea, y se ha sostenido que tal corona era de origen psicológico: siendo el único pez de barba humana, ha llegado a creerse el más importante de los peces, «más importante entre peces que el Rey de Suecia o el de Francia entre los hombres», y sus sueños de grandeza han ido poco a poco creando alrededor de su cabeza la espléndida corona, de color dorado. Alguien comentó que, si el pez con barbas llega a saber que existe la Inclita Orden del Toisón de Oro —fundada, como saben, porque un duque de Borgoña encontró en la cama unos pelitos rubios caídos de cierta parte del cuerpo de su amante, aunque luego para su emblemática recordase la aventura de Jasón en busca del Vellocino—, lo más probable es que quisiera tenerlo, por llevarlo colgado del cuello. Esta mutación le llevaría a apartarse la barba para que el toisón le fuese visto.

Siempre se estimó que este pez con barbas no era comestible, aunque su grasa era excelente contra el hígado y sus bilis, y contra los orzuelos. Tanto la grasa como la piel se vendían en las ferias de Tilsit, Memel y Riga. En un momento dado la

Hansa pretendió el monopolio de venta para «extender sus beneficios a todos los lugares de la factoría «La compañía». En Medina del Campo, por ejemplo.

Modernamente, ni la cerda marina ni el pez con barbas han sido vistos. Lo que no quiere decir nada contra su existencia.

Con la marisquería gallega

No sé si saben que al maestro Picadillo, en su famoso libro de cocina, en el que aprendieron la buena cocina burguesa gallega nuestras abuelas y nuestras madres, se le olvidaron las nécoras. Salvo que las incluyese allí donde dice. «Cangrejos». Tanto los cangrejos de mar como los de río, son de escasa importancia. No se comen más que cocidos, y generalmente se sirven como entremés. Y, aunque las haya olvidado Picadillo, la verdad es que existen las nécoras, y que son uno de los frutos más sabrosos de nuestro mar. Una buena nécora hembra, de los meses invernales, y aun de abril, es algo verdaderamente incomparable. Simplemente cocida, y quizá mejor todavía un poco tibia. Y aprovechar el cacho con sus corales, y cuyo sabor es bien diferente del cacho de la centolla. El de la nécora es más sutil, delicado. Su nombre científico, linneano, es *Portunus puber*. *Portunus* es recuerdo de aquella divinidad de los romanos que protegía los puertos, y se identificaba con el *Pater Tiberinus*. Se le representaba joven, sosteniendo con la mano derecha una llave, de forma muy arcaica. La llave de la entrada al puerto. El 17 de cada agosto se le celebraban fiestas, las tibernalias. Su culto alcanzó cierta importancia. Y lo de *puber* viene del suave vello que presenta en el exterior de su cuerpo.

Ignoro cómo a la imaginación de Linneo vinieron estos nombres latinos y alguno griego para designar tantas especies animales, pero me gusta mucho que algunos de los crustáceos y moluscos los lleven. Por ejemplo, la langosta el nombre de un piloto de la nave de Eneas, Palinuro, hijo de Jasón, arrojado al mar por el dios del Sueño. La aventura se cuenta al final del V Libro de la *Eneida* virgiliana. Con el viento en popa, la nave en la que viaja al frente de todas el gran Eneas, tiene al timón a Palinuro. Es la media noche cuando al vigilante piloto se le aparece el Sueño, quien le dice que puede él conducir la nave mientras Palinuro duerme. A lo que Palinuro responde:

—¿Es a mí a quien aconsejas olvidar lo que puede ocultar el rostro tranquilo del mar con sus lentas olas? ¿Quieres que me confíe en esta calma prodigiosa? Yo no puedo confiar a Eneas a los vientos engañosos, cuando tantas veces he sido engañado y me han hecho trampa.

Pero el dios blandió sobre él una rama mojada en agua del río Leteo, el río del Olvido, y Palinuro se durmió. El dios lo tiró al mar, con el timón. Y menos mal que Eneas despertó y se hizo con la nave, que iba al garete. Y dijo aquellas graves palabras que a mí me pusieron como texto a traducir en un examen de latín, en los años mozos:

—Tú has tenido demasiada confianza en la serenidad del cielo, ¡oh Palinuro!, y por ello yacerás desnudo en una arena ignorada.

Cuando supe que la langosta se llamaba *Palinurus vulgaris L.,* por el piloto de Eneas, parece que me gustó un poco más. (El gallego nunca ha sido muy aficionado a la langosta, en tiempos pasados. Y ahora mismo acabo de tener una prueba más, leyendo un documento de 1416: los canónigos de Compostela que han de tasar el pescado y marisco que entre en la plaza de la ciudad, ponen sólo a dos dineros, la langosta junto con la jibia, el jurel, la sardina... Por cierto, que en dicho documento vienen, bastante más caras que la langosta, las ostras, y hay allí dos palabras gallegas que no conocía: a las ostras cerradas se les dice *enchousadas,* como si dijéramos enclaustradas, y a las ostras abiertas, *eschousadas,* como si dijéramos exclaustradas. Es muy bonito.)

La centolla lleva el nombre científico de *Maia,* nombre de la más hermosa de las Pléyades, las estrellas cuyo nombre tanto ha preocupado a su contemplador, Edmund James Webb: que se llaman así por hijas de Pleone, que las tuvo de Atlas —y por lo cual también fueron llamadas Atlántidas—, o que su nombre deriva de *pleos,* lleno, abarrotado, y su significado sería enjambre, como su nombre árabe, Al Thoreja; o Pléyades viene de *plein,* navegar. Fueron llamadas las estrellas marineras, porque en los remotos tiempos de Homero y de Hesíodo su orto matutino ocurría cuando los vientos bruscos del invierno griego cedían su lugar a los cielos despejados y a la mar calma de la primavera. Matutinas las Pléyades le decían al griego que había llegado al tiempo de navegar. Vespertinas, anunciaban el final de la época de navegación. Pero Webb, rechazando todas estas explicaciones, llegó a la conclusión de que las Pléyades son las *peleiades,* es decir, las palomas, una bandada de palomas.

Todo esto forma parte de lo que Bertrand Russell llamó «los conocimientos inútiles». Pero el filósofo inglés explicaba así el asunto, poniendo un ejemplo de melocotones. Russell se enteró de que los melocotones proceden de China; después de una batalla, los soldados del gran Rey Janiska encontraron unos huesos de melocotón en los zurrones de prisioneros chinos; de la India, los melocotones pasaron a Persia, y aun en los nombres españoles de ellos está el nombre de Persia, como en albérchigo, es decir, alpérsico, y en francés, con *apricot,* hubo una curiosa confusión entre «pérsico» y «precoz», etcétera. «Desde que he sabido todo esto, los melocotones y afines me gustan mucho más.» Pues lo mismo me acontece a mí con las nécoras y la centolla, y aun con la langosta, que de los tres crustáceos es el que menos considero, siendo en esto fiel a la tradición de los comedores de mariscos del País Gallego. En fin, un dios latino, un famoso piloto de los *nostoi* posteriores a la guerra de Troya y una estrella del feliz enjambre o bandada de palomas, les han dado nombre.

De cronología piscícola

Como muchos de ustedes habrán leído en cualquier libro de los que traten de estos asuntos —Borges, por ejemplo, se ha ocupado de ello—, entre los chinos antiguos se ha estudiado mucho el llamado «mito del pez», o más exactamente el «mito del pez en el espejo». Creían que hubo una época en la que, en el mundo, mandaba un gran pez terrible, asistido de un poderoso ejército escamoso, los cuales ejercían sobre el hombre y los animales no acuáticos una terrible tiranía. Pero un día un gran emperador misterioso logró, tras cruentas batallas y por medio de grandes magias, encerrar al gran pez y a sus ejércitos en un espejo, que confundieron con el mar en calma. Parece ser que hay una escuela mística secreta en China de vigilantes «del fondo del espejo», que saben mirar si los encerrados se mueven, y si se mueven, qué hacen. Pues bien, se mueven, al parecer, lentamente, en grandes círculos y en dirección a la superficie; cuando logren llegar a la flor del espejo, saldrán, y esta vez derrotarán a los hombres, los destruirán e impondrán su gobierno al planeta llamado Tierra.

Estudiando los movimientos de los peces en el espejo, los eruditos del XVII en Pekín llegaron a la conclusión de que aquéllos se mueven, ascendiendo, en conexión con el movimiento del Sol, la Luna y la Tierra, de manera que el día en que alcancen la superficie del espejo, el día D, la hora H, coincidan con un eclipse total de Sol visible en la montaña sagrada llamada Chei —nunca localizada—, y en las tierras adyacentes, en el Noroeste de China. Este eclipse debe producirse el año 2175. Pero, para mí, y para el cardenal Hiller, quien en su *Historia de Inglaterra* afirmó que los salmones se regían por el calendario juliano, lo importante es que los peces encerrados en el espejo chino cronometren los años, lo que hace suponer que también ellos, como los salmones de Irlanda, tengan calendario y que, por tanto, sepan de años, meses, semanas y días, si es que no tienen otras divisiones. Los unicornios, por ejemplo, son sexagesimales y, por ende, su siglo se compone de sesenta años, divididos en cinco docenas, que corresponden cada una a un lustro nuestro; al final de cada docena, el unicornio se purifica en una laguna en la que nunca se haya mojado un humano.

Hay varias historias árabes, de los pilotos del Califa en el Indico, en las que aparecen peces que saben en qué año se vive, conforme a la héjira. Lo cual supone dos cosas: que están al tanto de la huida de Mahoma de Medina a la Meca y que usan calendario. Generalmente estas historias se refieren a pilotos perdidos con sus naves en el océano, a consecuencia de una terrible tempestad, o porque, en la noche, una isla, en uno de cuyos puertos habían amarrado, se había, silenciosa, puesto a navegar y los había llevado hasta la línea de sombra —la *shadow line* resucitada en una novela de Conrad—, una parte del mar desde la que no son visibles las estrellas. Mediante una magia hecha con cera virgen, esos peces del año musulmán salían a la superficie, asomaban sus cabezas y decían a coro el año de la héjira y a cuántas leguas al Oeste estaba la isla Taprobana. Y acontecía que el viaje con la isla navegante que a los marinos árabes les parecía que había durado una noche, había durado varios años. Los piadosos musulmanes que iban a bordo lloraban por no haber guardado el Ramadán y no haber comido los corderos de las pascuas, que llevaban salpresos en la bodega.

Los egipcios tenían unas ideas muy especiales acerca del cocodrilo —por ejemplo, que cohabitaban con mujeres vírgenes— y algunos esoteristas creen que hubo una secta que se guiaba por el cocodrilo; es decir, procuraban los sectarios acomodar sus hábitos a los del cocodrilo, y como dice Lesieux, celebrar su fiestas en los mismos días en los que las celebraban, siguiendo su calendario, los cocodrilos. Parece ser que los cocodrilos son —o eran: los tiempos han cambiado tanto— monoteístas. Su calendario solar comenzaba con el solsticio de invierno.

En cambio, se creyó por talmudistas que la ballena de Jonás no supo cuántos días había llevado al huésped en la boca, ni qué mes estaba cuando lo echó fuera. De ahí dedujeron que las ballenas no habitan en el tiempo, no lo saben contar, con lo cual no pueden celebrar el sábado. Así podían insistir en que la ballena es una forma del Mal, como Leviatán, la máxima ballena, y la representación más perfecta de lo maligno entre las olas del océano. Erróneamente, los talmudistas creyeron que la ballena era muda lo que ha sido demostrado por el famoso equipo Cousteau, que las ha escuchado en las solemnes tardes del Atlántico cantar y conversar. Creo que ya les he contado en estas mismas páginas que una ballena llevaba la voz cantante, las otras, que la rodeaban en círculo, la escuchaban, y cuando la cantora daba un gran y dolorido grito, las otras se retiraban, produciendo un murmullo semejante al de una gran selva, cuando pasa sus manos por entre sus ramas el gran viento salvaje del Oeste, célebre desde la famosa oda de Shelley.

Pero, volviendo al cardenal Hiller y a los irlandeses, hay que hacer notar que, en todas las intervenciones piscícolas en las diversas fábulas de Taliesín, los salmones son los más usadores de calendarios, es decir, de meses y de días para sus citas. Conocen, por ejemplo, las fechas de las ferias más importantes de Irlanda. Un tal O'Muir lloraba en la orilla de un río la pérdida de su mujer, raptada por unos piratas, y un salmón saltó varias veces gritándole que fuese a la feria de San Marcos en el Derry, donde vería a alguien el pañuelo azul de su mujer, y esta pista le llevaría a encontrarla en el escondite de los piratas. Como es sabido, varias tribus de salmones fueron convertidas al cristianismo en los siglos V y VI de nuestra era por San Corentin de Quimper, en Bretaña de Francia, y el poeta Max Jacob sostuvo que antes los salmones remontaban los ríos en otoño, pero desde que se hicieron cristianos lo hacen en primavera, para celebrar la Pascua de Resurreción. Lo cual supone, naturalmente, siendo la Pascua fiesta movible, que dominan el calendario gregoriano.

Ignoro si les será de alguna utilidad a los peces de los ríos y a los del mar el que yo les arroje a las aguas un calendario ilustrado. Un calendario en el que figuen los días laborables y los no laborables, los recuperables y los que no. Por si también entre los peces hay, como en las eras terrenales, conflictos laborales.

De los idiomas de los peces

Primero fue la discusión sobre si los peces oyen, la cual en la Antigüedad la cerró Plinio diciendo aquello de *pisces audire palam est,* y luego fue la polémica acerca de si los peces hablan. Se citaba un salmón del Reno, el cual, habiendo sido interrogado por sospecharse que había sido testigo de un crimen cometido en el gran río de los germanos asomó fuera del agua la cabeza y declaró, en latín, que al autor del crimen había sido un cojo rubio: *Claudius rubeus fuit!* Un cojo rubio que andaba por allí fue colgado. En verdad que tuvo mala suerte. Más tarde parece ser que fueron encontrados otros peces de habla latina; mientras, en Bretaña se creía que entre peces de la mar había dos familias de lenguas: una céltica y la otra, llamada occidental, no emparentada con lengua terrícola alguna, propia de la más antigua población marina, y monosilábica. He leído un texto recogido por un monje irlandén del siglo XII, conservado en un manuscrito procedente de San Lorenzo O'Toole —luego lo he visto citado por Borges—, que a lo que recuerda es al trabalenguas gallego, también marinero, que dice:

Si vou no bou, vou,
e si non vou no bou
non vou.

Es decir, en castellano: «Si voy en el bou, voy, y si no voy en el bou, no voy». Se cree que monjes de monasterios de las islas del Norte lograron aprender más de doscientas palabras de esta lengua «occidental», lo que apenas les sirvió para nada, puesto que las diversas tribus de peces, que andaban por allí, ya bacalaos, ya merluzas, ya arenques, se habían lanzado a imitar a los poetas escaldos, que ustedes saben que nunca llamaban a las cosas por sus nombres, sino que las designaban por imágenes, muchas veces hermosas. Así, la mar es el campo de la gaviota, las naves son los halcones de la ribera, la mano del rey es el país de los anillos de oro, y una batalla es la asamblea de las espadas. Morir es enrojecer el pico del cuervo. Más tarde se creyó que había una tercera lengua, igualmente monosilábica, y que tenía tantas palabras como el irlandés o como el inglés. Al final se averiguó que se trataba de determinadas naciones de peces que, careciendo de lengua propia, daban el eco de las palabras de aquélla en las que se les hablaba. Conociendo todo este material lingüístico, inventé yo la lengua de los peces papagayos que salen en mi libro *Cuando el viejo Simbad vuelva a las islas,* muy amigos del teatro chino.

Una lengua aparte es la de los delfines, que está siendo científicamente estudiada, y otra es la de las sirenas. Ya se sabe que éstas son políglotas, y, si bien en la Antigüedad clásica su lengua de fondo fue el griego —por ejemplo, la lengua de las sirenas que pudo escuchar, atado al mástil de su nave, el héroe Ulises—, modernamente lo ha sido el provenzal literario, el de los trovadores, el del Sordello, el de Rimbaud de Vaqueiras, el de Arnaldo Daniel y el toscano, el idioma del Dante y de Guido

Cavalcanti. Yo había escrito un cuento en el que a una sirena le preguntaba su enamorado cuál era su patria, y ella le respondió que «*il paese dove el dolce si suona*» («el país donde el dulce sí suena»). («Sí» por oposición a *oc,* de la que, por esta conjunción, se llama Occitania.) También se han conocido sirenas monolingües, que solamente hablaban portugués. Quizá descendientes de las llamadas tájides, célebres desde *Os Lusiadas,* de don Luis de Camoes: tájides, por habitantes del Tajo, en su desembocadura.

Por otra parte, el francés Cousteau y su equipo han recogido, en pleno Atlántico, las conversaciones entre ballenas —ya les hablé de ello en estas mismas páginas— y sus lamentos. Sin embargo, los sabios rabinos, cuyos nombres recuerda el Talmud, sostuvieron siempre que Leviatán, el enorme habitante del océano creado por Dios en el quinto día, era mudo, y aun alguno sostuvo que sordo y mudo, mudo por su total sordera, la terrible sordera del Mal.

Emile Mâle ha hablado una vez de unos capiteles románicos —no tengo a mano su trabajo—, en los que aparecen varios peces tocando los más diversos instrumentos musicales, entre ellos la gaita y una especie de viola. Puede ser esto de los peces músicos invención del escultor, pero puede ser que haya tenido noticias de ellos. ¿Cuáles sorprendentes tonadas daría, asomando entre las olas de la alborada, el gaitero del mar? La afición a la música de los delfines es conocida desde la historia del griego Aristón de Chios, que hacía galas veraniegas por la Magna Grecia, y ha sido comprobada en nuestros días.

Pero, volviendo a la lingüística piscícola, es probable que haya otras lenguas de peces en el Pacífico, en la corriente de Humboldt, en la Antártida, en el mar Caspio. Por ejemplo, ¿tiene una lengua propia el esturión? Y, en lo que se refiere a los peces fluviales, parece ser que entienden la lengua de los ribereños.

Las oposiciones de los peces

Hay ciertos temas que a mí me han preocupado en diferentes ocasiones, por ejemplo, si se ríe en sueños o si los peces oyen. Esta última cuestión podía responderse por la afirmativa, tanto citando a Plinio, «*pisces audire palam est*», como recordando a los santos taumaturgos de Irlanda y de Bretaña, quienes dedicaron parte de su tiempo a convertir los salmones al cristianismo —¿y por qué solamente a los salmones entre los peces?—, y a Francisco, *il poverello,* que más de una vez les predicó cruzando un río en mayo por un alegre vado. Y no sólo lo escuchaban los peces, sino también, su dulce toscano, los pájaros en las ramas de los chopos de la ribera. Francisco predicaría en la lengua del *dolce si,* y peces y pájaros lo escucharían y entenderían en la suya. También se puede probar que los peces oyen, entendiendo los humanos discursos, con aquellos que en forma de obispos con mitra pescaron, creo que en Lubeca, y que Heine cita en sus *Espíritus elementales,* los cuales peces se regocijaban y coleteban de alegría cuando se les gritaba el nombre de los príncipes cristianos, y lloraban a lágrima viva cuando se les enumeraba los príncipes paganos. Ignoro de qué príncipes paganos se trataría, quizá de señores eslavos todavía no convertidos por los barones de la Orden Teutónica, o a Saladino y a los sultanes de la Sublime Puerta, o acaso a algún dios antiguo. Sentado esto, puede admitirse que los peces —algunos peces— pueden tener creencias religiosas y también opiniones políticas. De esto sabemos muy poco. Además, existe la creencia llana de la ignorancia de los peces, de donde vendría el decir de un estudiante que está pez en matemáticas o en latín, por ejemplo. Sabemos más de su vida erótica que sus ideas. Cambassius aseguraba que el salmón era monógamo, aunque no nos cuentan cómo lo ha averiguado. Que las ballenas viven en democracia ha sido confirmado recientemente por Cousteau y su equipo del «Calipso». Una ballena se pone a cantar en un lugar del océano, a la caída de la tarde, y a poco se comienzan a escuchar voces de otras ballenas que le responden, y así están largo rato, hasta que la ballena que abrió la sesión la cierra con un largo y, aseguran que, lamentable grito. Costeau y los suyos se preguntaban qué quería decir la ballena, a qué obedecía su llamada en la inmensidad del océano. Pues viven en democracia, aquello mismo que dicen que dijo Romero Robledo la primera vez que habló, tras sufrir una operación a la garganta. Me lo contó José Bergamín el otro día. Romero Robledo carraspeó y dijo, ante el médico estupefacto:

—¡Señores diputados!

Aparte de las óperas que las sirenas saben, letra y música —recuerdo una película en la que salía una sirena que se había domiciliado en Londres, y logró que la llevasen a Convent Garden, donde desde un palco, al terminar la función, cantó como nunca habían escuchado allí; recuerdo que era muy hermosa, se llamaba Miranda; como entonces no había destape en las películas, no vimos su vientre y no pudimos comprobar si es cierto que las sirenas no tienen ombligo—; digo que aparte de las sirenas, hay en el mar gente oradora, como el *hoga,* pez monstruoso que se puede ver en un grabado de una edición de Ambroise Paré, o el que les muestro, el que Pierre Callois ha llamado «el autostopista», y que figura en la edición de la *Cosmografía Universal,* de Sebastián Munster, de 1522, que yo hojeaba curioso en la biblioteca del Real Seminario Conciliar de Santa Catalina, de Mondoñedo. El *hoga* tiene cabeza de caballo, con largas orejas levantadas. Es casi seguro que hable una lengua germánica, probablemente aprendida de los viquingos acompañando a las naves de éstos en sus largas navegaciones, aunque luego pronunciada a su manera, con la misma incoherencia y desparpajo que si fuese locutor de «tele». Ayer mismo, un locutor, dando noticias internacionales, al citar al político israelí Simon Peres, sefardita, de procedencia alavesa, ortografiando ahora su apellido Peres, le llamó *Saimon* Peres, y se quedó tan tranquilo. El autostopista de la *Cosmografía* de Munster se sospecha que era utilísimo en el mar, pues solicitando ser llevado a remolque, que es gran perezoso, indicaba a los pilotos hacia dónde quería viajar, y señalaba el rumbo. Se cree que contaba su vida, una vida miserable, siempre hambriento, llorando, en primer lugar, su viudez, tan majestuosamente con el soneto de Nerval, «El desdichado», el duque de Aquitania: «*Je suis le triste, le veuf, l'inconsolé...*». En una historia bretona, se cuenta de un pez dorado que quería ser labrador y tener tierras que surcar en Armórica, y prados, creyendo que aún había duques en Nantes, la duquesa Ana, por ejemplo, con sus zuecos de álamo, quitándose el hipo con traguitos de muscadet. Pero, cuando le dijeron que en Bretaña reinaba el Cristianísimo de París, se volvió al mar, triste, sintiendo como imposible la ideología sentimental, literaria y política del *retour à la terre*. En memoria de este pez, hay un grupo nacionalista bretón que usa como emblema un pez de oro.

Ya tenemos, pues, unos peces, los cristianos que cita Heine, con opiniones religiosas, y otro pez, el de la bretona fábula con opinión política, adversa al rey de París, y es más que seguro que tanto como se opuso al Cristianísimo se opondría bajo la III República a los radical-socialistas, y ahora mismo a M. Marchais, por mucho que éste rechace eso que las tesis marxista ortodoxas llaman la «dictadura del proletariado». Creo que puede decirse que, en general, se opondría a todo lo francés, desde Boileau a Coco Chanel, y solamente se dejaría seducir por la vieja y nueva música, la música eterna, del arpa céltica de Alain Stivell.

Algún día alguien sabrá cómo averiguar las opiniones políticas de los peces de los mares y de los ríos españoles. Hace meses, cuando andaban los moros capturando pesqueros españoles —cosa que el marinero gallego no perdona, y escupe cuando se nombra al marroquí—, yo le explicaba a un patrón amigo mío lo bueno que sería convencer a los peces de la vecindad de las Canarias y del Estrecho de que fuesen ellos los que respetasen las doscientas millas del moro, recogiéndose al abrigo de las millas de España. Por poca hispanidad que llevasen bajo sus escamas, si pudiera exhortárseles a ello, los peces vendrían a nos.

Las grandes bestias del verano

Ya llevamos unos cuantos días de canícula, ya las riberas del lago Ness, en Escocia, han recibido varios miles de visitantes, y todavía nadie ha dicho nada del monstruo que, murmurante, asoma y en sus aguas mora. Parodio adrede el verso clásico castellano que predicaba del cisne, porque el verso es muy hermoso, y además porque al monstruo, serpiente o lo que sea del Ness, le han sido escuchados en una ocasión una especie de ronquidos. Comentando a Garcilaso de la Vega y eso del cisne que decía el caballero toledano, que «dulce muere y en las aguas mora», apostilla el Brocense —le llegaría la noticia a Salamanca llevada por un montado— que unos de Tordesillas se congregaron junto a un labajo a ver morir un cisne, y contra lo previsto el cisne no murió dulce, garcilasamente, sino dando «unos gaznidos» (*sic*), con lo cual el Brocense apuntó que el cisne no canta al morir. Fue fuerte cosa aceptar la opinión de unos de Tordesillas contra toda la poesía de los siglos, pero ahí quedó sentenciado el asunto. No me explico cómo el bando del realismo literario, hispánico no puso una lápida en Tordesillas, en pared frente al río y a la fuente, que dijese: «Aquí se probó que no canta el cisne».

Dijimos antes que al monstruo del Ness le fueron escuchados alguna vez unos ronquidos —dos, por lo menos, por un marino retirado y un veterinario de Edimburgo—. La interpretación del que llamaremos el lenguaje del misterioso habitante del *loch* Ness nos podría proporcionar indicios acerca de su naturaleza y procedencia. Por ejemplo, el cardenal Usher, quien probó que Dios había creado el mundo en la noche del 23 de octubre del año 4004 antes de Cristo, sostenía que en Irlanda —él era primado de Armagh, junto al pozo de San Patricio— habían sido entendidas voces de bestias marinas, y su griterío lo daban en lengua hebraica, en memoria de cómo se lamentaron al ver pasar el arca de Noé, ya que, estando a la escucha de las conversaciones entre Yahvé y Noé, habían entendido mal y creían que solamente quedarían Noé y los suyos en tierra firme, y ellas en los abismos, en compañía de Leviatán y de Jasconius, éste creado por Dios en el quinto día. Es la bestia marina cuyo lomo oscuro San Brendan y sus monjes confundieron con una isla: desde que fue creado, se mueve en el fondo del océano intentando con su boca morder su cola, como pescadilla para sartén, y todavía no lo ha logrado. Convendría que un especialista en hebreo acudiese a las orillas del Ness a comprobar si el animal de este lago hablaba la lengua del pueblo elegido, aunque fuese roncando. ¡Lástima que haya muerto M. Xavier de Montepin! Creo recordar que, en una novela suya, encontrándose en una oscura noche de París, en una estrecha calle, un personaje suyo con un desconocido, éste se descubrió:

—*¡Ah!* —dijo el desconocido en portugués.

Con menos quizá se pudiese descubrir la nación del monstruo.

Aún no hace un año que gente del equipo Cousteau dio a conocer por la televisión francesa un encuentro vespertino de ballenas en el Atlántico, y han publicado un libro en el que nos cuentan esto, y además de la inteligencia del pulpo y de cómo amista con el hombre. Una ballena comenzaba a emitir sonidos, que eran respondidos por otras ballenas que se acercaban poco a poco. Algo se decían durante una larga hora, y al final, una de las ballenas —no tengo el libro a mano, pero creo recordar que la que había convocado a pleno— lanzaba a las olas, al viento, a las naves y a las estrellas, a la fría Polar de la mirada grave, un desesperado lamento que ponía fin a la sesión.

El misterioso habitante del Ness puede estar emparentado con la serpiente marina. Ley, en su libro *El pez pulmonado, el dodó y el unicornio,*[1] nos cuenta que fue Hans Egede, el «apóstol de Groenlandia, quien nos dio la primera descripción de la gigantesca serpiente de mar. Años más tarde, hay un informe del comandante Lorenz von Ferry, de a fines de agosto de 1745, muy objetivo y detallado. Luego vendrán la serpiente marina vista en Nueva Inglaterra, en la bahía de Massachusetts, y en el puerto de Gloucester —los testigos declararon ante el juez de paz Linson Nash—, y la hallada por el barco de Su Majestad Británica «Daedalus», el 6 de agosto de 1848, cerca de la isla de Santa Elena, y la vista por seis respetables oficiales ingleses que viajaban en el «Royal Saxon», y otras en el 71, en el 77, en el 93, en el 95, etcétera, hasta llegar al informe, del capitán barón Von Forstner, del sub-

1. Willy Ley, *El pez pulmonado, el dodó y el unicornio,* Espasa-Calpe, 1963.

marino alemán U-2, quien, después de haber torpedeado en el Atlántico Norte al carguero británico «Iberian», vio surgir entre los restos de éste a un «animal de unos veinte metros de largo; parecía algo así como un cocodrilo gigante, tenía cuatro poderosos miembros parecidos a aletas y una cabeza puntiaguda». El último encuentro del que haya noticia de un barco con una serpiente de mar fue el de diciembre de 1947; la serpiente fue vista desde el vapor de la Grace Line «Santa Clara». El barco acababa de cruzar la corriente del golfo, en su viaje de Nueva York a Cartagena de Indias. La proa del buque, al tropezar con ella, la partió en dos. El capitán y los oficiales fueron testigos.

Los zoólogos entienden que no puede haber duda, dice Ley, de que hay en el mar un gran animal desconocido, quizás un mamífero de sangre caliente, y no una serpiente. El problema de los científicos ahora será el de identificarlo e incrustarlo en una familia. El cardenal Usher se hubiese preocupado de otras cosas: si la serpiente de mar, o del Ness, es monógama, como del salmón predica Cambassius, y si viven las serpientes marinas en democracia, es decir, en república, o en monarquía. También, naturalmente, si las serpientes son ateas, como Estrabón decía que lo eran los gallegos de su tiempo. Don Claudio Sánchez Albornoz ha reflexionado sobre ello, y atribuye al ateísmo de los gallegos la cantidad de lápidas con nombres de dioses que aparecen en Galicia, mientras entre várdulos y otros habitantes prerromanos de Castilla, la afición a esas lápidas es escasa. Otras cuestiones que diremos hispánicas, el cambio, la reforma fiscal, las quinielas, el fraude alimentario, etcétera, a las serpientes de mar no les dan cuidado.

Los argonautas del Pacífico Oriental

En 1922 fue publicada en Londres esta obra del antropólogo Malinowski, con el mismo título que lleva este artículo, y que ha tardado cincuenta años largos en poder ser leída por el público español. En ella recoge Malinowski lo aprendido en las islas Trobriand, al Este de Nueva Guinea, donde vivió muchos meses en compañía de los indígenas, como uno más, participando en sus trabajos y en sus fiestas, hablando en su lengua, escuchando sus fábulas, estudiando su complejo mundo económico y sus navegaciones hacia las islas vecinas, cientos de millas en canoas pesadas y escasamente navegables, llamadas *lakatoi,* equipadas con velas muy características, «en forma de pinza de cangrejo». Estas expediciones marítimas de los indígenas de las Trobriand son expediciones comerciales, dentro de un sistema típico de comercio, llamado *kula,* «fenómeno de considerable importancia teórica, nos dirá Malinowski, que parece afectar profundamente la vida tribal de los indígenas que viven dentro de su campo de acción, y ellos mismos tienen plena conciencia de su gran importancia, ya que sus ideas, ambiciones, deseos y vanidades están estrechamente ligados al *kula.* El *kula* es, en el fondo, un conjunto de reglas que rigen el regalo y el trueque. Todos los artículos que entran en el comercio, según las reglas que rigen el *kula,* circulan constantemente. Un hombre que participa en el *kula* nunca retiene un artículo más de un año o dos. Si quiere ser considerado, ha de deshacerse pronto del artículo que ha llegado a sus manos, un brazalete o collar, por ejemplo. Un hombre ve pasar por sus manos, durante su vida, muchos artículos del *kula* que casi nunca utiliza, tiene como en depósito y pone de nuevo en circulación. Pero su posesión temporal le confiere renombre, pues exhibe su artículo, explica cómo lo ha conseguido y planea a quién piensa dárselo. Para un hombre, poder hablar de esto es importante. Es una conversación «grande», y uno de los temas favoritos de conversación. Además, obtener en el comercio *kula* un objeto importante se atribuye a un poder personal especial, debido principalmente a la magia. La magia ocupa un lugar muy importante en la vida de las gentes de las Trobriand.

En la construcción de sus canoas interviene la magia, con una reglamentación mágica del trabajo, y después las magias en favor de navegaciones propicias, del salvamento en los naufragios, etc. Las operaciones mágicas tienden a dar a las canoas especialmente velocidad. Y una vez construida la canoa y lista para hacerse a la mar, todas las operaciones de embarque se hacen conforme a ritos muy estrictos. Los que van a navegar en ella tienen sus asientos determinados y no pueden ocupar ningún otro. No se puede subir a la canoa más que por la *vitovaria,* la parte lateral anterior de la plataforma mirando al mástil. Las mujeres no pueden subir a una canoa que nunca haya navegado. En una canoa nueva, navegando, no se permtie comer ni beber hasta la puesta del sol. Nada rojo puede usarse en la ornamentación de la canoa. Etcétera.

Pero ya los hombres de la *kula* con sus canoas en el mar, los argonautas del Pacífico Occidental, tienen que tener en cuenta las brujas voladoras y los grandes monstruos del océano. Ellos tienen su *kraken,* es decir, un enorme pulpo que llaman *kwita.* Según ellos, el *kwita* es tan grande que podría cubrir toda una aldea con su cuerpo, y sus brazos son gruesos como los troncos de los cocoteros de la orilla del mar. No se abraza a las naves como el *kraken* de los noruegos, sino que las paraliza tocándolas con uno de sus brazos. La canoa es incapaz de moverse durante días y días, hasta que la tripulación, a punto de morir de hambre y de sed, decide sacrificar a uno de los hombres más jóvenes que vayan a bordo. Adornado con objetos preciosos, lo echan por la borda, y el *kwita,* satisfecho, deja que la canoa siga viaje. Otro de los peligros que acechan a las canoas es la «gran lluvia», una lluvia especial que cae sobre la canoa, que la persigue, y cae y cae sobre ella, no se da el achicado en la canoa, y al final la canoa se hunde, pero aún es más peligrosa la «piedra que salta»: creen los navegantes de las Trobriand que existen grandes piedras vivas que están en el mar a la espera de las canoas, corren tras ellas, saltan y las destrozan. Cuando se sospecha que hay «piedras que saltan», o las ven saltar a lo lejos, las tripulaciones callan, porque la conversación de los hombres atrae estas piedras. Malinowski, navegando en una canoa, no veía las piedras que los indígenas «veían», señalándole el lugar donde saltaban. «Era obvio —dice el gran maestro de la antropología—, ellos creían sinceramente estar viéndolas.» Cuando hablan de las piedras que saltan, las comparan con los delfines.

Pero, de todos los peligros, el mayor son las

brujas voladoras, las *yoyoya* o *mulukwausi*. Son mujeres invisibles, provocadoras de naufragios, devoradoras de cadáveres. Provocan naufragios para poder comer carne humana. Contra las brujas voladoras hay unos ritos llamados *kayga'u,* que son los únicos eficaces. Cada jefe o cada piloto tiene el suyo. En las tempestades, además, se puede, por medio de otro rito o conjuro, llamar al pez gigante salvador, el *iraviyaka.* El pez gigante se pone debajo de la canoa, la iza sobre las olas y la lleva felizmente a una playa. Al llegar a la playa, la tripulación tiene que mascar y escupir jengibre, mazar ciertas hierbas en una piedra. Es un rito de la gratitud.

Lo que hay en el fondo de todo lo que nos cuenta Malinowski de las navegaciones de los indígenas de las Trobriand, es el esfuerzo moral por vencer el temor a las largas navegaciones en un mar, pese a su nombre, con tanta frecuencia tempestuoso. Con sus canoas se arriesgan fuera de sus islas, conociendo todos los arrecifes y todos los vientos, con objetivos que sobrepasan el económico de la pesca, y ejerciendo ese extraño comercio de regalos que es el *kula,* pero que es una acción que da la gloria a los que lo llevan más lejos. Como Jasón pudo regresar orgulloso con el toisón, con el vellocino de oro, así una expedición regresa soberbia con un collar nunca visto, acompañado del pez gigante salvador, que va como un perro a popa, fiel y contento él mismo. Sin duda, Malinowski ha acertado cuando ha llamado a estos marineros de las Trobriand «los argonautas del Pacífico Occidental».

Las escuchas del mar

Parece ser, y según los más serios especialistas, que en el folklore universal, y en el mundo mágico de los pueblos más diversos, tengan mucha más importancia los ojos, la nariz, la boca, que las orejas y el sentido del oído. Se opina que, de todos los pueblos, han sido los árabes, en el momento de las grandes y fabulosas navegaciones por el Indico y hasta más allá de la Malaca, los que fantasearon sobre el oído sutil de los pilotos. Muchos de éstos, en la noche, escuchaban las más lejanas rompientes, y dirigían sus naves de oído por aquellos difíciles mares. Escuchaban también a un viento despedirse, porque se retiraba a sus casas, y a otro saludar, porque se acercaba a las velas de las naves con todo su poder. Y sucedió que a algunos de estos pilotos les creció desmesuradamente la oreja derecha, tal que mismo parecía bocina del gramófono «La voz de su amo». Y, de escuchar rompientes y vientos marinos, pasaron los árabes a escuchar la vida del desierto, el cabalgar distante de una fuerza armada, una tempestad que se levantaba a veinte leguas, e incluso el rumor de las formaciones de langosta antes de que levantasen vuelo y se lanzasen sobre los oasis de Arabia a devorarlo todo. Pero los que tuvieron gran preeminencia, y se hicieron famosos, fueron los escuchas de la mar. Y lo más notable de ellos es que, retirados, ancianos fatigados del timón, conservaban en sus oídos todo lo que habían escuchado en la mar, y así podían dar clase en Basora a los aspirantes a pilotos del Califa de Bagdad. Es decir que, acercando un aspirante su oreja izquierda a la derecha del piloto, podía oír en ella el mar, como se oye el mar en las caracolas, pero no un mar cualquiera, sino el mar que el piloto maestro quería. ¡Difícil y misteriosa ciencia! Dudo de que haya habido nunca nada parecido en ninguna escuela naval del mundo.

Ni entre viquingos, donde como es sabido por las sagas, los abuelos regalaban a los nietos caracolas para que jugasen escuchando en ellas las mareas. El canto del mar se hacía su canto, la música de fondo de toda su existencia de reyes del mar. Un gran adivino de Islandia, Malar Gunnarson —hijo de Gunnar Trygvison, el que vivió un año en un iceberg en compañía de una osa blanca a la que hizo su mujer—, escuchaba a las ballenas en el medio del océano hablar del destino del mundo y de la muerte de los reyes y de los grandes guerreros. Una tarde, habiendo salido en una nave tres leguas al Oeste de Islandia, se puso a escuchar las ballenas. El mar estaba en calma. Malar escuchó a una ballena pronunciar su nombre:

—Predecirá Malar Gunnarson tres muertos, y luego acontecerá la suya —dijo una ballena.

Y así aconteció: Malar predijo la muerte de un Rey de Noruega, la del famoso bandido llamado Grettir el Fuerte y la de su hermano menor, famoso como destructor de espectros. Y nueve semanas más tarde de que cumpliera esta predicción, Malar se quedó muerto en la playa, de pie, pero muerto. Nadie se acercaba a él, porque era un mago, pero sí osó acercarse el mar, al subir la marea, y las olas lo derribaron. Lleva dos o tres horas muerto, delante del mar, de pie. Quizá ya muerto y todavía escuchando las ballenas. Pero no se dio más que este caso entre viquingos.

Otra cosa es, en el mundo de las fábulas irlandesas, el escuchar cantar los pájaros de las Floridas, de las islas navegantes del océano, tan caras a los celtas, islas del perpetuo verano y la eterna juventud. Porque esos pájaros, esa música de las mil aves de Tirnanoge, las escuchaban todos, y no hacía falta ser un especialista ni un mago. Cualquier marino escuchaba el cantar de los pájaros, si soplaban vientos del tercer cuadrante. Los que escuchaban los pájaros de las islas lo tenían por feliz augurio y promesa de futura felicidad. Pero, ya digo, a cualquiera, inesperadamente y sin que precise de preparación alguna, le tocaba en suerte escuchar los mirlos y ruiseñores lejanos. Lo mismo acontecía con las campanas de la ciudad sumergida de Ys: cualquiera, desde las rocas de la ribera, o que navegase por las aguas que la cubren, las podían escuchar, monótonas, incansables, en la marea baja, tristes campanas. Pero el oírlas no daba precisamente la felicidad. Por ejemplo, podían abortar las mujeres embarazadas, y un hombre olvidarse, tras haberlas escuchado, de su familia y de su casa. Fueron aquéllos amnésicos bretones, los cuales perdieron la noción de tierra y mar, y creían que podían caminar por los senderos de la tierra lo mismo que por los senderos del mar, y por éstos no era posible, y ahogaban. Los llevaban tierra adentro, a un lugar que llamaban Ciomm'erch, y vivían allí con las ovejas, perdida el habla, inclinándose, ladeada la cabeza, intentando escuchar las campanas de Ys. Por Pentecostés iban a verlos sus mujeres e hijos. Pero ninguno de estos amnésicos se curó y reconoció a los suyos.

Pero lo que queda en la fábula universal son los grandes escuchas árabes de la mar, aquellos nobles pilotos que llevaban el Indico en sus oídos, y podían mostrarlo a los discípulos aventajados en Basora, sentados cerca de los astilleros donde se construían las naves para el tráfico de especiería. Uno de estos graves maestros podía haber sido el gran Simbad, el más famoso de todos los pilotos del Califa.

Diversos asuntos con ballena

Entre los mitos de los hebreos tenemos la estancia de Jonás dentro de la ballena. El asunto de Jonás y la ballena ya estaba en la mente de Dios cuando separó las aguas de arriba de las aguas de abajo. No lo quisieron hacer voluntariamente, y tuvo Dios que meter entre ellas su dedo meñique, según se lee en el Pirque Rabbi Eliezer, *midrash* sobre la obra de Dios en su Creación. Dios perdonó a las aguas su revuelta, con dos condiciones: que, cuando llegara el día, los hijos de Israel pasaran a pie enjuto el mar Rojo, y que impedieran que Jonás huyese en barco a Tarsis. Es decir, a lo que nosotros hoy llamamos Andalucía. Las aguas, según el texto que citamos, tenían un caudillo que protestaba por la división de las aguas en las de arriba y las de abajo, y en dulces y saladas. Dios concedió un lugar apartado a cada conjunto de aguas, que, sin embargo, «en el horizonte, están separadas por no más que la anchura de tres dedos delgados. A veces, según enseña el Baba Bathra del Talmud de Babilonia, el mar todavía amenaza su frontera de arena. Un marinero le dijo una vez a Rabbá de Babilonia: «La distancia entre una ola y su compañera puede ser de trescientas leguas. No hace mucho tiempo, una ola levantó nuestro barco hasta tan cerca de una pequeña estrella, que ésta adquirió ante nuestros ojos el tamaño de un campo en el que podían crecer cuarenta medidas de semilla de mostaza. Si hubiera sido la ola un poco más alta, el aliento de la estrella nos habría chamuscado. Y oímos cómo una ola le decía a su compañera: “Hermana, ¿queda algo en el mundo que no hayas barrido ya? Si queda, deja que lo destruya”. Pero la otra ola respondió: “Respeta el poder de nuestro amo, hermana; no podemos cruzar la barrera de arena en la anchura de un hilo”...».

Como saben, el Señor Dios despertó a Jonás y le ordenó que saliese para Nínive y predicase allí que la noticia de su maldad había llegado hasta Yahvé. Pero Jonás se dijo que mejor era huir a Tarsis y, como había un barco que salía para allí, sacó billete y se embarcó. Y se echó a dormir en «lo hondo de la nave». Surgió una gran tempestad, y todos los marineros pedían ayuda a sus dioses respectivos, y echaron suertes para ver por culpa de quién les venía encima aquella terrible galerna. El adormilado Jonás fue el premiado, y arrojado al mar, el cual calmó inmediatamente su furia. Y fue entonces cuando el Señor envió un pez gigantesco, en cuyo vientre estuvo Jonás tres días con sus noches. Allí rezó Jonás, y Dios ordenó al pez que vomitase a su huésped en tierra firme, y fuese a Nínive a cumplir su encargo. El texto dice «un gran pez», pero en seguida se creyó que «el gran pez» tenía que ser la ballena mediterránea, y ya la vemos en el arte de las catacumbas, y en su representación pictórica los primeros cristianos veían un símbolo de la resurrección y salvación. (Modernamente, un escritor francés interpretó la historia de Jonás a su manera: retardando su viaje a Nínive, se había demorado, bebiendo vino puro para amortiguar sus sobresaltos, en una taberna llamada «La Ballena», de la que al fin, y en plena embriaguez, fue expulsado.)

Tampoco parece que sea ballena el gran pez que salvó a la nación kewi de las aguas. Comenzó a temblar la Tierra y las aguas avanzaban sobre ella. Los kewi se reunieron en una roca muy alta. Mientras la mar subía, amenazando devorar la isla, los hombres kewi fecundaron a sus mujeres, y metieron en bolsas las semillas de las plantas que cultivaban, que eran doce. En la cresta de una ola apareció un gran pez, quien abrió la boca para que los kewi se refugiaran en él. No bien lo hicieron, su isla desapareció bajo las aguas. Ahora se dice que el gran pez es ballena, como la de Jonás, y que los kewi se han arreglado para vivir dentro de él. El gran pez de los kewi tiene en el lomo un gran agujero, rodeado de coral, por el que entra el aire y la luz a los kewi el sol y las grandes lluvias. Dentro del pez han encontrado agua dulce y buenas tierras, donde han sembrado las doce semillas. Una vez al año, el gran pez les permite bailar, pero los kewi no pueden aumentar de número en el vientre de la ballena, o lo que sea. Cuando un kewi muere, el gran pez permite que nazca otro. Algunos marineros polinesios lo han escuchado cantar en la noche, bajo las olas. Son los kewi que pasean dentro de la ballena.

Hay una historia islandesa que cuenta cómo un hombre, acusado de varias muertes, pidió un juez neutral.

—Todos los jueces de Islandia —dijo— están predispuestos contra mí, por mi fama de iracundo.

—¿De dónde quieres al juez? —le preguntaron.

—¿Recordáis a Gunnar de Malarendi? A ese quiero, porque nunca ha oído nada de mí.

Le fue dado ese juez, pero resulta que estaba en

el vientre de una ballena descansando. Mientras lo buscaban y encontraban, pasaron siete y siete años. Cuando contestó a los gritos de los que lo buscaban con sus naves por el océano, y salió de la boca de la ballena para ir al Juzgado, ya el criminal había muerto de viejo. Gunnar, por no perder el tiempo, juzgó entonces a una gaviota que le había vaciado un ojo con su pico a un niño que se había quedado dormido en una playa. Y se volvió a su ballena. Por eso entre islandeses se dice que «la justicia está escondida en el vientre de la ballena».

Peces de la mar

Estos días me ha tocado la china de responder a tres entrevistadores, visitantes de Galicia, los cuales terminaron sus entrevistas conmigo hablando de gastronomía gallega. La verdad es que la gente anda muy despistada; come lo que le echan; pide ostras aunque no sea sazón adecuada, y, como aceptan todo, invitan al cocinero indígena a darles de todo.

Aquí, en mi Galicia marinera, no se respeta veda alguna, por mucho que lo anuncien las Comandancias de Marina y, en lo que toca a fogones, piden lamprea, que será de lata o de mina, en el mejor de los casos, y lacón con grelos cuando no hay grelos y va a la mesa la pata del cerdo con unas hierbas incomibles. Como, por otra parte, ya se ha conseguido que haya de todo, congelado o de invernadero, y muchas veces insípido, a lo largo del año, ya los omnívoros tienen a su disposición más cosas que tuvo Pantagruel.

En fin, cuando salen de entrevistarme, suelen ir a comer a algún sitio conocido por mí y me piden que les aconseje. Yo, ahora mismo, de pescado les aconsejo unas sardinas asadas, con unos cachelos, si es que pueden comerlas, o una *caldeirada* de pez espada, como la que le preparó un cocinero amigo de Vilaxuán a un equipo de televisión que vino a hacerme un reportaje. Y, si se trata de peces de alto copete, siempre me inclino por el rodaballo contra el lenguado, sin que desconozca las excelencias de éste.

Pero, en lo que toca al rodaballo, soy como el emperador Domiciano y como muchos gallegos importantes, que no rechazaban verlo todos los días en la mesa. Y sin salsas disfrazadoras. Un conocido industrial vigués hizo por Alemania un viaje de compras, y a su regreso fue interrogado sobre la cocina germana.

—¡No me hables! ¡En toda Alemania no he podido comer un rodaballo con ajada!

¡Un rodaballo *con allada,* la salsa preferida del gallego, que no sé lo que sería de su cocina de mar y de tierra si no hubiese llegado a ella el pimentón! Lorenzo Millo, en un libro encantador sobre gastronomía clásica, nos cuenta cómo el rodaballo desbancó al esturión en los banquetes romanos —aunque no a la lamprea—, y narra la historia aquélla del rodaballo capturado vivo en el Egeo y regalado al césar Domiciano, el cual parece que lo hubo de conservar en agua marina, y hacer que lo alimentasen, mientras se construía un horno en el que pudiese ser cocida una fuente de dimensiones bastantes para presentar, entero, en la mesa imperial el rodaballo; luego parece ser que hubo que construir en las cocinas del augusto señor un horno en el que cupiera el gran rodaballo, que era un ejemplar gigante. Quizá ya no estuviese en sazón cuando llegó la hora de comerlo, y hubiese padecido en cautividad.

El caso es que un grupo de senadores austeros, de políticos de ésos que siempre están dispuestos a ahorrar, como se decía en la España del XIX, el chocolate del loro, se quejaron de los grandes gastos en que metía al Imperio el señor Domiciano a causa de un rodaballo. Los gastos mayores, con todo, me parece que fueron los de conservarlo vivo, para lo cual se llenó una alberca de agua de mar, que los esclavos cambiaban constantemente. Al fin, el césar comió su rodaballo al horno, quizá con la receta de Arquestrato de Sicilia, una receta moderada para lo que se llevaba entonces, y que yo he probado.

En fin, estoy de acuerdo con el señor marqués de Armonville de que el rodaballo es el faisán del mar. Hay quien dice que esta comparación dice poco del rodaballo, porque el faisán no es gran prenda. Creo que un faisán joven, que hace sus primeros vuelos contra la brisa atlántica, en la isla de Sálvora, en el mar gallego de la Arosa, regala una carne irreprochable.

También recomiendo a mis amigos, si la encuentran a mano, una ventresca de bonito o de atún, ahora que baja, costeando, después de unas vacaciones que emprendió en primavera. Que, por cierto, en el curioso libro de Lorenzo Millo, me entero de que Aristóteles y otros naturalistas sostienen que el atún navega siempre teniendo costa a la derecha, debido a que «si no tuerto, es al menos reparado de la vista de su ojo izquierdo». Por esto será, que no por opiniones políticas que tenga. Como tampoco tiene opiniones políticas el lobo gallego, que, siguiendo a unos hombres, al llegar a una encrucijada, ataca siempre al que toma el camino de la izquierda. Esto me han enseñado muy en serio en mi antigua Tierra de Miranda, cuando, en el largo invierno, en mis años infantiles, me adoctrinaban de lobos.

Y, ahora mismo, mejor que muchos pescados finos, se puede pedir en estos días septembrinos, de vísperas de la vendimia, un mújel pescado en la ría. Dentro de poco tiene un sabor muy característico del que no gusto. Pero ahora lo mando freír y hacer con él un sencillo escabeche, con un buen vinagre y una hoja de laurel, y luego frío, a última hora de la tarde, con unas patatas cocidas calientes, hace una excelentísima merienda. O al horno, muy puesto de limón.

Y por novedades que brindo a Néstor Luján, decir que un amigo me ha puesto delante una copa en la que, junto a unas rodajas de higos miguelinos, los dulces higos de septiembre, había camarones pelados, los higos fríos y los camarones más bien calientes, y la combinación era más que aceptable.

Restos de mitos marinos

Como saben, diversas fábulas griegas de matadores de dragones se reunieron en una sola, cuyo héroe es Jorge de Capadocia. En todas las fábulas precristianas, el dragón, de misteriosa presencia, es apaciguado con comida suficiente y, en período de máxima irritación de la bestia, incluso con criaturas humanas. En cierto modo, el mismo minotauro es un monstruoso animal que hace figura de dragón en las tinieblas del laberinto. Y todos los dragones aparecen como bestias terrestres, y no se creía que los hubiese marinos en ninguna mitología, excepto en la céltica, y aun aquí el dragón del mar era más bien la cabalgadura de un dios marino, que podía ser el mismo Ller o Llwy, Lluir, señor de los océanos. En China, el dragón es terrenal y volador, y se alimenta de fuego. Entre hebreos, la aventura de Jonás parece corresponder a un mito muy antiguo, en el que el dragón no devora a la víctima ritual «porque ha sido engañado». Es decir, esperaba una presa femenina, y virgen, y le han echado de almuerzo a un hombre vestido de mujer. Y así lo vomita. El hombre no entraba en su menú. Alguien ha recordado con este motivo al dragón de las inundaciones del Tigris y del Eúfrates, el dragón que desde el mar remontaba el río, haciendo hervir a su alrededor las aguas.

Lo más curioso de éste y de otros dragones marinos, y de los dragones de los gaélicos, y del propio minotauro, considerado como dragón, y del dragón que mató a San Jorge de Capadocia, es que todos ellos son carnívoros, y nunca se ha dicho de ellos que comiesen peces, y se aplacaba su apetito con bueyes, ovejas, puercos, y los más terribles y exquisitos eran los que devoraban doncellas. En ningún caso, con el dragón y la mocita, salta el eterno tema de la bella y la bestia, que ha durado hasta nuestros días con King-Kong, en película de Hollywood. Nunca el dragón se enamora de la chica, hermosísima y, en la tradición pictorea europea, rubia y de ojos azules. Simplemente la acepta, la aprieta, la parte en dos y se la come. Y se retira a su cueva babeante de satisfacción. ¿Tiene tanto paladar el dragón que masticando la niña sabe si de verdad es virgen o no, y sabe que no le dan gato por liebre, es decir, un joven por una joven? Esta es la cuestión principal y primera.

Malinowski, explicando algunos mitos polinesios, encontraba que algunas imaginarias bestias marinas significaban la potencia destructora del mar, las grandes tempestades devoradoras de naves, los temibles maremotos de los mares del Sur. Pero, en la mitología occidental, el dragón es bestia de tierra adentro, de pantanos, de cavernas rocosas, y no marinos. Todo parece bastante confuso si se quiere reducir los dragones, su *terribilitá* y su apetito voraz, a un único tipo. Abreviando, les diré que, si en muchas partes se cree que el dragón procede del centro de la Tierra o de las aguas quietas y mefíticas de ciertos pantanos, en la mitología céltica parecen proceder del mar. ¿Y a qué vienen a tierra firme? Pues a comer carne humana. Exclusivamente a eso, a comer carne humana y a tener tratos con los humanos. La carne que reciben es un pago de renta, porque la Tierra, como dice un viejo texto gaélico, es de ellos. Y matan con la misma indiferencia que mata el mar. Recuerden aquel verso de Yeats: «La asesina inocencia del mar». O aquel diálogo del dragón con el mirlo en Padraic Colum:

—¿De dónde vienes? —le pregunta el mirlo al dragón, alado y cubierto de escamas.

—Del extranjero. Regreso a casa, a la verde isla, después de muchos años de exilio. Lo primero que voy a hacer ahora es quitarme mi traje de escamas y tumbarme a dormir en la suave hierba.

—¿Puedo ofrecerte algo?

—He oído que, en mi ausencia, han llegado aquí animales que a sí mismos se denominan hombres. ¿Podrán mis viejos y afilados dientes atravesar su piel?

Pero el dragón de Padraic Colum no nos aclaró si decir «en el extranjero» quería decir en el océano.

El rey Ler o Llir, dios del mar, tomaba en el océano diversas formas, que iban desde la gigantesca ballena a la serpiente marina. Lo que nunca pudo imaginar el rey Ler es que llegaría a ser el rey Lear en la famosa tragedia de Shakespeare y tener entonces la nobilísima forma humana, él, que tantos humanos había devorado en las costas de Irlanda en los días de galerna.

Las conclusiones a que debemos llegar es que el dragón, aunque proceda del mar, es originariamente un animal terrestre, gusta de vivir en la tierra y prefiere a todo la carne humana. Es inútil incluirlo entre los devoradores de peces. Al salmonete y a la lubina preferirá la rubia hija de un rey, cruda, palpitante.

Los siete peces de Tirodes

Conviene decir por anticipado que se trata de siete peces mágicos, o por lo menos diferentes, prodigiosos, hallados en los mares de Levante, desde Sidón a la Gran Sirte y desde Chipre a Creta, y pescados sin daño para ellos, y expuestos en el acuario de Constantinopla por el sabio Tirodes Filipodes, en los días de los Emperadores isaurios. Dos de ellos, peces locuaces y dialécticos, y los restantes con actividades no habituales en los habitantes escamosos de los mares. Estos peces han sido estudiados científicamente varias veces, siguiendo las descripciones que vienen en el manuscrito Todd 66-A de Copenhague, y entre nosotros por el poeta catalán Joan Perucho, el autor de *Las historias naturales.* Creo que servidor de ustedes puede dar una nueva interpretación de algunos datos. En mi libro *Cuando el viejo Simbad vuelva a las islas,* tomando como pretexto al pez sicofante o delator, conté del pez papagayo y lo he descrito, poniéndolo como aficionado al teatro chino. Quiero decir que me ha preocupado desde hace algún tiempo la *realidad* de los peces de Tirodes Filipodes y que, dándole vueltas al asunto —y sin que sean de este lugar los detalles de mi investigación—, puedo ofrecer algunas novedades.

El primero de los peces locuaces era una especie de salmonete, con acento cretense, y que solía salir al paso de las naves del mar Egeo haciendo a los pilotos la predicción del tiempo. Los propios pilotos cuando se hacían a la mar expresaban su deseo de encontrar al pez de los temporales, que así era llamado, para ir seguros en cada singladura, o viaje de una jornada. Pero ya a un pez de los temporales en el acuario de Bizancio se le vieron, por quien lo cuidaba, ciertas aficiones a la política; parece ser que distinguía perfectamente a los dos bandos políticos, los verdes y los azules, y que él se había inclinado por los azules. Se asegura que Tirodes lo llevaba en una jaula de cristal al mar, y lo dejaba, atado por unas cintas de seda, solazarse en el Bósforo, y muchos salían a verlo. Cuando Tirodes lo volvía a la jaula, le contaba rápidamente las opinones de los verdes que habían estado admirándole, lo cual permitió a la Policía imperial, en varias ocasiones, hacer algunas redadas de insolentes de la oposición. Un día apareció muerto, como pescadilla con la cola en la boca, y se aseguró que fuera un verde el autor de su muerte. Después de la muerte del sicofante, que siempre que podía hablar con Tirodes pedía ser bautizado, los peces de los temporales dejaron de saludar a las naves bizantinas. Uno de los misterios de los mares de Levante es cómo se divulgaban entre sus peces los rumores y las noticias. ¿Quién les dijo a los peces de los temporales la muerte en el acuario bizantino de su hermano?

El otro de los peces locuaces, el llamado Linguáfono Dorado, hablaba fenicio, y se supone que siempre decía la misma cosa, que sería un *slogan* púnico contra romanos. Los pocos fenicios que quedaban en Sidón y Tiro, pescadores de bajura, le entendían algo, y su alocución era, al parecer, una llamada a todos los peces mediterráneos para impedir la llegada de las naves romanas a Cartago. Si delante de él se hablaba latín, perdía el dorado, se volvía rojo, giraba en la gran pecera que le estaba reesrvada, y escupía al ciceroniano. Allí donde caía su escupitajo, éste quemaba. Alguien propuso completar su nombre, llamándole Linguáfono Dorado Punicísimo Beligerante.

De los no locuaces, solamente tres merecen nuestra atención. Uno, el Geómetra, quien era capaz de explicar, en doce jornadas, con el hocico y la cola como puntas de compás, toda la geometría euclidiana. Y así como en el XVIII español, en los días de Torres Villarroel, no había en Salamanca quien supiese sacar tantos por ciento más que los mercaderes, y con los dedos, así en la Bizancio isáurica, nadie supo geometría más que los discípulos del Geómetra. Las rectas las tiraba con una aleta ventral que tenía muy aguda. De vez en cuando daba alguna lección magistral, generalmente sobre el gran tema de Arquímedes, la inscripción de un polígono dado en una circunferencia. También explicaba la duplicación del cubo. Murió de una indigestión de caviar, precisamente cuando se iban a tomar por escrito sus demostraciones.

Otro no locuaz era un *piscis instrumentificum*: gran perezoso, adormilado en el fondo de la pecera, una mañana despertaba alegre, giraba sobre sí mismo, saltaba, y se cortaba una especie de junquillos que le nacían en la sotabarba. Con ellos tejía cestos, capirotes y hasta pequeñas sombrillas como las que usaban las novias aristocráticas, a las que imitaba en su paseo por el atrio de las Blanquernas. Se le estimaba como afeminado, pero nada pudo probársele, pese a que se corrió por la Corte el rumor de que los días en que despertaba y se ponía al trabajo eran aquéllos en que habían ido a verlo varios notorios homosexuales bizantinos, príncipes siríacos generalmente, rehenes del Basileo.

Tirodes supo por un marinero chipriota que uno de los peces que él había llevado al acuario de Constantinopla era el arborícola peregrino romo. Lo tenían en el acuario como novedad por lo chato que era de morro, que figuraba la fachada de un templo griego, con su frontón y sus columnas; algo así como el radiador del Rolls-Royce. Habiendo averiguado que era el famoso pez de Chipre, que se sube a los árboles y a los emparrados a comer uvas, Tiroides lo sacó a un jardín, con gran alegría del pez, que brincó de un naranjo a una higuera, probó de toda fruta, y en un momento dado echó unos chillidos, que fueron interpretados correctamente por Tirodes como que pedía volver al agua, que se le acababan las posibilidades de respirar, y de vivir, fuera del agua. Le instalaron varios árboles en la pecera, que fue convenientemente ampliada, y la cubrieron con una parra de uva tostada, que es la que da la famosa malvasía chipriota. «Fue —dijo un cronista bizantino—, el más feliz de los habitantes de Bizancio en su tiempo, y todos los años le hacían fiesta los jardineros y los vendedores de fruta.»

He escrito este artículo porque creo que, de vez en cuando, en cualquier revista [en este caso, «La Hoja del Mar»], un escritor de imaginación debe dar una prueba de sus conocimientos científicos, serios. Y dado el carácter de esta revista, doy hoy parte de mis conocimientos científicos de peces raros y curiosos.

Los plañideros del océano

Soy de una de las provincias de Europa en las que durante más tiempo se conservó la presencia en los entierros de las plañideras o lloronas, que acudían a hacer el *pranto* del difunto, mediante pago, a la vez en dinero y en especies. Había plañideras que tenían lloros especializados, según que fuese el difunto marinero o labrador, sastre o herrero, soltero o casado, etc., y dos hermanas conocí que tenían un *pranto,* muy sentido, para las viudas, adecuado a aquellas mujeres que, jóvenes, habían perdido el marido, y durante largos años habían tenido para ellas solas la ancha cama matrimonial. En un reciente estudio sobre Synge, se reproduce el esquema de un argumento de una tragedia, cuyo tema era un naufragio, y las plañideras de la áspera costa del Donegal, la costa de las rocas negras, antes de llorar por los muertos, lloraban por el mar, obligado por su propia condición a dar aquellas muertes. Era esto último el gran tema que resumió Yeats en un verso admirable, en el que habló de «la asesina inocencia del mar». En uno de los apéndices de la obra de Cowley sobre las navegaciones árabes por el Indico y hacia Especiería y las Molucas, encuentro por vez primera una noticia que en cierto modo se empareja con las irlandesas que reconocen el dolor del mar. Y es la creencia de los pilotos árabes, es decir, Simbad y los suyos, de la existencia en aquellas aguas, que tantos naufragios conocieron, desde Alí-al-Basrí hasta los portugueses del XVI, de bestias plañideras que surgían de las profundidades marinas a quejarse amargamente mientras empujaban hacia la costa los cadáveres de los marineros muertos. Parece ser que algunas de estas quejas de las bestias —siempre machos— fueron aprendidas por los que las oyeron, pero no ha llegado hasta nosotros ni una sola palabra de estos plantos.

¿Cómo eran las bestias? De oscura y reluciente piel, pequeño cuerpo y enorme cabeza, con un gran cuerno surgiendo del frontal, y las opiniones que Cowley ha recogido entre los musulmanes del Extremo Oriente —entre ellos nuestros «moros» de Filipinas— muchas coinciden que los grandes y lamentosos gritos que las bestias lloronas profieren al final de su *pranto* proceden de este cuerno y no de su boca. En Java, las Molucas y la propia Malasia, encontró Cowley a gentes que decían que un abuelo suyo o un tío había escuchado los llorones del océano, y una anciana, que hacía emplastos de hierbas medicinales, que le contó que un famoso sultán había querido que las bestias plañideras asistieran a su entierro, para lo cual su cadáver, antes de ser dado a la tierra, saldría en una de sus naves a dar un paseo por el mar. Un sabio mago y santo logró hablar con los llorones, a los cuales les fue ofrecido por su *pranto* el peso del sultán en oro. Pero las bestias quejosas del océano dijeron que no lloraban por dinero, sino por verdadero dolor, y que, por otra parte, no tenían la menor noticia de aquel sultán, y que no era lícito dar muestras de vanidad en la hora de la muerte. Que saliese el sultán al mar, echase su nave contra unas costas y muriese ahogado, y ya verían los llorones si merecía que su cadáver fuese llevado a la costa, entre sus quejas.

Se cree que estos llorones proceden de la mitología polinesia, de la mitología de los que Malinowski ha llamado «los argonautas del Pacífico Occidental», quienes, como se sabe, siempre viajan con gran acompañamiento de las que llamaremos brujas y extraños seres, alados unos, otros no, fastos o nefastos según las ocasiones. Finalmente se sospecha que la bestias plañideras saben, con anticipación, dónde va a producirse un naufragio con muchos ahogados, porque, en el instante mismo de la pérdida de una nave, por mano de una terrible tempestad, o porque se fue a abrir contra unas rocas, los llorones ya están presentes, gritando por su gran cuerno. Preguntadas por Cowley gentes de allá, aseguraron que nadie había visto a los plañideros tan de cerca que pudiera observar la naturaleza de su cuerno. Sin embargo, decían que sus abuelos habían oído que un gran príncipe de tiempos pasados tenía en su tesoro uno de estos cuernos, al que había «domesticado», y el cuerno le hablaba, dándole avisos en cosas de guerra, y especialmente de expediciones marinas. Cómo el gran príncipe se hizo con el cuerno nadie supo decirlo, ni cómo llegaron a entenderse. Lo que sí saben todos es que, cuando el príncipe murió, el cuerno gritó diciendo siete veces el nombre del gran señor y después se convirtió en polvo, que «el viento que levantó el alma del príncipe al marcharse su cuerpo, lo dispersó; una polvareda roja se vio en varias lenguas de distancia».

Preguntados los informadores moluqueños por qué ahora no se escuchaban ni veían las bestias lloronas, estuvieron todos de acuerdo que se fueron porque los holandeses dispararon sobre ellas.

Los peces flauta de Skoelingen

Días pasados, en una conferencia que di en una ciudad gallega, haciendo la nómina de los hombres, mujeres, niños, obispos, príncipes habitadores de las profundidades marinas, cuando, tratando de cómo veía estas cosas el P. Feijóo, el hombre-pez de Liérganes, sirenas, nereidas, en las cuales el P. Maestro no creía, aunque sospechaba que pudieran existir los tritones, aunque su bocina no haya «sido oída modernamente», se me quedaron en el tintero los peces flauta de Skoelingen, que vienen en el apéndice cuarto de la *Historia general, civil, militar y política de las ciudades del mar,* es decir, de las ciudades hanseáticas, escrita por el reverendo Amradus Flavius Jagellonicus, señor de Lakanas en Memel, traducida al castellano por Dom Rebull, de la Orden de San Benito, y editada en Barcelona en 1796. En la portada vienen las armas del señor Amradus, que son las de los antiguos Jagellones lituanos, gente de parla latina y de cocina con muchas novedades y muy especiada.

Los tales peces flauta aparecieron en una red, mezclados con arenques, en un pesquero de la factoría hanseática de Skoelingen, en Noruega. Peces nunca vistos, tenían cara de hombre, bien barbada, y orejas puntiagudas, de las que salían largos hilos verdes. El cuerpo era, en su pequeñez, similar al humano, salvo que del vientre para abajo salía un tubo brillante, casi metálico, lleno de agujeros. Uno de los peces —que fueron dos los pescados— mediría dos cuartas y el otro una. Llevados ante el cónsul hanseático, éste los interrogó en forma, intentando averiguar si eran una degeneración de humanos submarinos, verdaderos peces o sueño demoníaco. No respondieron nada, pero abrieron la boca y sonrieron al señor cónsul. Este tenía los dos peces en la bañera en la que su mujer tomaba los baños de menta por Pascua Florida. Y, de pronto, el pez pequeño se acercó al grande, metió en su boca el tubo en que éste terminaba su cuerpo y comenzó a soplar fuerte y seguido. El pez grande hinchó como un *montgolfier,* y el pequeño, dejando de sostenerlo con las manos, se puso a tocar la flauta, poniendo sus dedos en los agujeros del tubo. Era una música áspera, pero un organista luterano allí presente afirmó que «sujeta a número». Terminada la pieza tocada por el pequeño en el tubo, en la flauta diremos, del grande, éste fue inclinándose y estirándose hasta alcanzar con su boca el tubo del pequeño, en el que a su vez se puso a tocar. La música de esta nueva flauta era más fina y delicada, música de baile casi francesa. Los flautistas formaban un aro. Y, de pronto, saltando de la bañera, bajaron los escalones de la casa y rodaron hasta el mar, en el que desaparecieron. La mujer del cónsul, una dama flamenca, que creía que ya tenía orquesta de cámara y soñaba con dar fiestas en Skoelingen, se echó a llorar.

El cónsul hanseático era un alemán de nombre Klausner, quien escribió un informe detallado que envió a Lubeca, donde fue leído en el Senado. Al informe acompañaba un dibujo de los susodichos peces flauta, y un pescador noruego de buen oído, el cual recordaba, aunque solamente las había escuchado una vez, las tonadas de los peces flauta. El pescador, con permiso de los senadores de Lubeca, las repitió en la llamada «sala de refrescos», y el maestro de capilla de la colegiata de San Miguel las tomó en papel reglado, y por Carnavales del año siguiente, en el baile de gala al que acudían las hermosas señoras con el rostro cubierto con antifaces que les llegaban directamente de Venecia, se bailó la que llamaron «Pavana de los Peces Flauta», compuesta con la propia música de los extraños concertistas submarinos.

El reverendo Amradus dice que en los archivos de Lubeca hay constancia de este extraño suceso, y que el cónsul Klausner era un hombre sensato, que no diría una cosa por otra ni les gastaría una broma a los señores de Lubeca, sus mayores, muy puntual en la oficina, y casado con una hermosa flamenca, rubensiana, de la que tuvo siete hijos, tres de los cuales asistieron a la pesca prodigiosa y escucharon a los flautistas del océano.

Menos hay que confiar en el historiador porque, además de su *Historia,* se dedicaba a escribir un *Pronóstico de tempestades para años bisiestos,* lo que suponía que imaginación no le faltaba. Amradus estuvo en Medina del Campo, en las Ferias, por cuenta de la Compañía Hanseática, y hace un bello elogio de las lanas castellanas y del trigo de Arévalo. Menciona vinos de Toro y de Ribadavia, y en un año de buena cosecha de garbanzos compró muchos quintales a buen precio, que fueron vendidos en el Báltico. La verdad sea dicha que sin mucho éxito entre letones, estones y lituanos. Y probablemente por deficiencia de los cocineros, que no sabían guisar pata de vaca con garbanzos, y ni siquiera dejar los garbanzos a remojo. Sin embargo, Klausner, quien había comido en un figón en la feria de Medina, tenía los garbanzos como muy sabrosos. El garbanzo se sazonaba con mejorana en ambas Castillas. Lo que hacía también la cocinera de don Francisco de Quevedo. Entre sus cartas hay una dirigida al conde de Fuentesaúco, en la que acusa recibo al conde de un regalo de garbanzos, añadiendo: «Ya sabe vuesa merced que son mi mejor golosina».

De los peces flauta del mar de Skoelingen nunca más se supo.

Fauna marítima gallega

En los anejos de «Verba», anuario gallego de filología que edita la Universidad de Santiago de Compostela, Instituto de la Lengua Gallega, María del Carmen Ríos Panisse publica dos capítulos de su tesis doctoral sobre nomenclatura de la flora y fauna marítimas de Galicia. Cerca de quinientas páginas dedicadas a la nomenclatura de invertebrados y peces. La autora ha recorrido toda la costa gallega, desde la ría del Eo a la desembocadura del Miño, y ahora nos regala con los miles de nombres recogidos de todos los habitantes de la mar gallega. Es el trabajo más importante que se haya hecho hasta hoy, y sorprende al lector la gran variedad de nombres de cada especie en las diversas zonas litorales, insospechada. Uno entra en una taberna marinera, pide su taza de vino, y le ofrecen, que están frescos, acabados de cocer, unos santiaguiños o santiagueses. Es decir, unos ejemplares del *acyllarus arctus (Roem).* Pero en Corme le ofrecerán un *arañoto,* y en Foz una *cabrela,* y en Noya un *escachanoces* —un cascanueces, posiblemente por el ruido que produce con sus coletazos—, y en Mugardos, un *jrilo,* y en Portonovo un *moucho,* y un *paspás* en Sada, y un *roquete* en O Grave, y un *capatete* en Cayón, un *tanguista* en Cangas de Morrazo, y un santiaguiño en veinte otros lugares. Como saben, el santiaguiño o santiago tiene en el caparazón una como figura de la cruz de Santiago. La modestísima mincha, *littorina littoralis linneana,* que nos dan un puñado en un plato acompañado de unos alfileres con los que vamos a buscar dentro de la concha el mínimo pero sabroso bocado, ¡qué variedad de nombres y qué expresivos! Bígara o bígaro, en el Cantábrico gallego, y *caramecha, caramuxo* en las más de las Rías Bajas, y luego, aquí y allá, *cornecho, corniño, cuco, freiriña,* es decir, monjita, y *meiga, meiga do mar, mexacán, mincha, mínchara, mintiña...* Y así con cada fruto de mar o con cada pez. Parece como si los marineros gallegos se hubiesen pasado toda la vida, y a lo largo de las generaciones, buscándole nombres. El sábalo tiene cerca de treinta, que van desde *alocha a nai da sardiña* —que en algún lado creen que, siendo del mismo orden que la sardina, y pareciéndose a ella, es la madre de la sardina—, y desde *saboga* a *tasca* y *zamborca.* Y el congrio otros tantos, desde *cóncaro* a *airón* —el congrio joven, en Ribeira—, a *safiro* en Bouzas, y *sorregueiro* en Carril. Sin duda, nos dice el etimologista Santamarina, del gallego *zorregar,* zurriagar a la forma de zurriaga o látigo que tiene el cuerpo del pez.

Tampoco se queda atrás en variedades de denominación la lubina, la *morone labrax linneana,* que en ninguna parte de Galicia se llama lubina. Las más numerosas son las denominaciones relacionadas con *robaliza,* que aparece como un diminutivo de *robalo,* que es la lubina grande. *Cacheira, cordeota, chalizo, chasca, lamega, xudía,* son otros nombres de la lubina, ya pequeña, ya de mediano tamaño. Los nombres proceden de la manera de pescar la *robaliza,* o la mucosidad que recubre sus escamas, de su dorso oscuro, de su voracidad, etcétera. El conjunto de los nombres de una especie supone una capacidad de observación nada común. El marinero se fija en un único detalle, con olvido de las demás características, al parecer, y por el detalle observado da un nombre al pez. Otro marinero se ha fijado en otro detalle, o ha tenido otra imaginación al contemplar el pez. Así nos sorprende que al rascacio, el *scorpaena porcus L.*, se le llame *bispo* en San Ciprián, debido a su color escarlata y al hecho de poseer en la cabeza unos apéndices que hacen pensar en la mitra episcopal, y en Portonovo, *bruxa,* por feo, y en otros lugares, *caracá,* porque, para lo que un marinero era mitra de obispo, para otro es cresta de gallo cantador, y otro ve algo en su cuerpo erizado de crestas y puntas ponzoñosas la imagen del escorpión, y así lo llaman en Sada. Y así vamos viendo cómo funciona la mente del pescador gallego. De vez en cuando nos encontramos con que al nombre de un pez se le añade el calificativo de «francés». Así, el escombro, la caballa, *rincha, xarda, verdel,* etcétera, tiene en algún lugar la denominación de *xurelo* francés. Y se nos explica que en general los gentilicios del tipo francés se refieren siempre a una especie menos frecuente que la común. Así, francés es el extraño, el extranjero, el diferente. A la cabruza se le llama «ruso» por su apariencia feroz, y se nos dice que hay ciertos gentilicios asociados con determinadas cualidades, extraído, naturalmente, de la propaganda política. El profesor Santamarina nos recuerda que «ogro» significaba originariamente húngaro. A la cabruza se le llama también cabrón, y casimiro, disimulando, porque ambas palabras comienzan con la sílaba ca... Algunos peces, como el abadejo, baten el récord de denominaciones: casi cincuenta para el *gadus polliachius.*

En fin, que es una fiesta leer en el texto de María del Carmen Ríos Panisse los miles de nombres de los habitantes de la mar. Si el océano, como decía el griego, es fértil en peces, el gallego es fértil en nombres. Muchas veces, el gallego bautizando un pez es pícaro, erótico, y supone un gran esfuerzo el llegar a averiguar por qué a un pez le ha dado un nombre que no tiene que ver ni con su forma ni con su color, ni siquiera con su comportamiento... Hoy voy a comer rodaballo, que como saben está ahora en sazón. Parece que su nombre tenga que ver con el celta, *rotoballos,* el del cuerpo redondo, y efectivamente lo es. También se le llama *coruxo,* porque su coloración coincide con la de la lechuza, que en gallego llamamos *curuxa.* Creo que, tras haber leído todo que la señorita Ríos Panisse nos dice de los nombres del rodaballo, me va a gustar más, cuando me lo encuentre en la mesa con los guisantes del país, las patatas nuevas...

De la armada piscícola contra don Carnal

Como saben, por haberlo leído en *El Libro del Buen Amor,* don Carnal, después de bien cenado, habiendo escuchado música y bebido harto, se durmió, y con él los suyos. «Adormiéronse todos después de la ora buena». Solamente los gallos no dormían, que habían de anunciar si aparecía doña Quaresma para la batalla. Doña Quaresma con todos los peces de la mar, y no hay duda de que la lista del arcipreste de Hita sería la de las pescaderías de la muy ilustre ciudad de Toledo. Madrid aún no contaba. Por la nómina de la armada de doña Quaresma no sólo sabemos los pescados que llegaban a Toledo —algunos, ricos, quizá solamente a la mesa del arzobispo primado y de la nobleza titulada— y aun de dónde procedían. Por ejemplo, «de parte de Valencia venían las anguilas/salpresas e trechadas, a grandes manadillas». Trechadas equivale a abiertas y limpias, pues en cesta. Y también «de parte de Bayona venían muchos cazones». Las sardinas llegaban saladas, y pelearon contra las gallinas en la batalla de Carnal y Quaresma. «Vino luego en su ayuda la salada sardina/ferió muy reciamente a la gruesa gallina...» ¿Qué son los camarones del Henares, río que el arcipreste conocía tan bien, de sus ligues de mocedad, pues nos ha dicho que cogió avena loca a orillas de él? Por cierto que la primera vez que se documenta «camarón» en la lengua castellana es precisamente en el texto de Juan Ruiz, y es más que posible que el camarón del arcipreste no sea el *gamarun* del glosario botánico, de hacia el año 1100, que publicó Asín Palacios. Lo más probable es que «camarón», en Juan Ruiz, equivalga a cangrejo, y que de una variante del latín vulgar, según Corominas, *gámbarus,* venga gamba, y del catalán procede el castellano gamba de hoy.

En la armada de doña Quaresma no faltaba la merluza, bautizada *ota.* Esta denominación puede tener origen gallego. La merluza desafía al puerco:

«*¿Dó estás, que non pareces?*
Si ante mí te paras, darte he lo que mereces;
ciérrate en la mezquita, non vayas a las preces.»

Con este último verso, el arcipreste aprovecha para insultar al musulmán, que no prueba del puerco. De Santander comparecen las langostas y el delfín que le rompió los dientes al buey cebón. Y volviendo a la *pixota* —en muchos lugares de Galicia *peixota,* que no se lo dijeron a Corominas—, se la tasa ya en las Cortes de Hita de 1268: «Congrio, el mejor, dos maravedís; pixota fresca en Castilla, quince dineros alfonsíes». Los arenques y besugos para los batallones de doña Quaresma «*venieron de Bermeo*». Los sábalos procedían de Sevilla «*e la noble lamprea de Alcántara*». Es decir, lamprea del Tajo, que llegaría fresca a Toledo. Hay que tener en cuenta que los monjes de Guadalupe comían lamprea curada. Se comía pulpo en Toledo. El arcipreste echa a lidiar los pulpos con los pavones, faisanes, cabritos y gamos, mientras las ostras, no sabemos valiéndose de cuáles armas, pelean con los conejos, al tiempo que los cangrejos luchan contra las liebres.

Galicia, claro está, queda muy lejos, y así el congrio cecial, es decir, seco, y el congrio fresco proceden de Laredo, mientras que el salmón viene de Castro Urdiales. Es el salmón —acaso reconociéndole el arcipreste una condición principesca— quien lidia con el propio don Carnal, el cual

tomó ynquanto esfuerzo e tendió su pendón,
ardido e denodado fuese contra el salmón;
de Castro Urdiales llegaba essa sazón;
atendiólo el fidalgo, non le dijo de non.

El fidalgo es el salmón. ¿Acaso porque todos los montañeses pasaban por hidalgos? ¿Ya entonces? Parece, sin embargo, que don Carnal le podía al salmón— «*si a Carnal dexaran diérale mala estrena*»—, si no fuees que se vino contra él «la gigante ballena», La cual, con su peso y su presencia, puso fin a la batalla, y don Carnal fue derrotado. Conviene fijarse en que la ballena está del lado de doña Quaresma, aunque la ballena sea el Mal, como Leviatán, o la ballena de la gran novela de Melville. Pero es probable que a Hita no hubiesen llegado noticias de esa forma, ballénica o ballenática, de las fuerzas demoníacas y perturbadoras.

Ya sabemos, pues, los pescados que se comían en Toledo en los días del arcipreste Juan Ruiz y del arzobispo don Gil, el que mandó cartas a los clérigos de Talavera de la Reina para que dejaran la dulce compañía de sus amigas. Los clérigos se irritaron, y el chantre Sancho Muñoz gritó: «Aqueste arzobispo non sé qué se ha con nos!». Las truchas de los almuerzos toledanos eran del Alberche. No lo pasaban mal en Cuaresma los que tenían suelto en Toledo algunos maravedises o algunos dineros alfonsíes. No cita Juan Ruiz la «truchuela» de los almuerzos de don Quijote, que es el bacalao. Las truchas se echaron contra el rostro de don Carnal:

las truchas de Alberche dábanle en las mejillas.

La lista de los contendientes sirve, pues, para saber lo que del mar pudo haber en la mesa del arcipreste, si bien lo más fuese pescado seco o escabeches. Aunque la palabra escabeche aparece tarde —en 1525, en Ruperto de Nola—, el árabe del que se cree procede, el vulgar *iskebeg,* guiso de carne con vinagre, ya está nada menos que en *Las mil y una noches.* De designar la conserva de carne en vinagre y con especias, pasaría a designar también la conserva de pescado. Cervantes usó la palabra «escabechar» por «teñir». Así, en *El licenciado Vidriera,* dirá «escabechar» por «teñir las canas»... En fin, que con esto de las palabras, se sabe cuándo se comienza pero nunca cuándo se acaba.

El lenguaje de los delfines

He leído, días pasados, un estudio muy científico en una revista norteamericana sobre el lenguaje de los delfines, es decir, sobre algunos sonidos que emiten, o grupos de sonidos, a muchos de los cuales se ha logrado encontrar un significado concreto; de modo que, repitiendo dichos sonidos, tomados en cinta magnetofónica, se ha podido establecer comunicación con los delfines, incitándoles a realizar determinadas acciones. Se trata de pequeños experimentos, muy finamente analizados, y que acaso permitan, en tiempos próximos, a algunos hombres expresarse como delfines. No se trata, naturalmente, de que los delfines lleguen a entender el griego, como el que condujo a tierra al citarista y cantor Arión de Metimna, en los días de Periandro de Corinto. La historia ha sido contada muchas veces. En una nave que viaja de Tarento a Corinto, va, con todas sus riquezas, el músico Arión. Los marineros apetecen el tesoro del citarista, y quieren quedarse con él, para lo cual deciden dar muerte al famoso Arión. El citarista solicita de ellos, como última gracia, que le permitan vestirse con sus mejores galas y cantar algo, después de lo cual el mismo Arión se daría muerte. Los marineros aceptaron, y Arión dio el que parecía ser su último concierto, de pie en la popa de la nave. Arión cantó, y, al terminar, se arrojó al mar. Pero por allí andaba un delfín aficionado a la música, quien se ofreció para transportar al citarista a tierra firme, lo que aceptó Arión, viajando a lomos del melómano delfín hasta el Cabo Ténaro, hoy Matapán. Parece claro que el delfín debió de ofrecer en griego sus insólitos servicios, y que Arión le dio el rumbo en la misma lengua. Cuando llegó la nave a Corinto, los marineros, ante Periandro y Arión, no tuvieron más remedio que confesar su latrocinio. Heródoto dice que, en sus días, en el Cabo Ténaro, donde había un templo de Poseidón, podía verse un ex voto de Arión, broncíneo y no muy grande, que representaba a un hombre cabalgando un delfín, con una inscripción que decía: «Por voluntad divina, a Arión, hijo de Cicleo, le salvó del mar Sículo esta embarcación». Es decir, el ligero y brincador delfín.

¿Podría un delfín de la Florida entender el griego? Gómara cuenta de un delfín que llegó a entender el castellano en una isla del Caribe, aunque el caso parece no ser lingüístico, sino fisonómico: el delfín se acercaba a la playa y permitía que se le acercasen los hombres que tenían barba, mientras se alejaba cuando se le aproximaban los que no la tenían. Es decir, amistaba con los españoles y les huía a los indígenas... Si aceptaba órdenes, entendería la lengua de Castilla. ¿Y sería un delfín aquel animal marino, que cayó en redes en el Báltico, y del que habla Heine en su breve texto sobre los *Espíritus elementales*? No solamente conocía el latín, sino que también reconocía la verdad de la católica religión y estaba al tanto de la política del mundo, de modo que, cuando ante él se nombraba a los príncipes cristianos, se regocijaba, y cuando se le gritaban los nombres de los príncipes paganos, incluido Mahoma, se echaba a llorar...

Podría contarles muchas historias sobre la facilidad de ciertos animales para el latín, comenzando por el cuervo de Foulques V de Anjou, quien además era silogístico, y en latín decía aquello de «Todos los cuervos son mortales; Sócrates es cuervo; luego, Sócrates es mortal». O por el cuervo del converso Juan de Lucena, el amigo de Juan de Mena, que saludaba a su amo cuando llegaba a casa gritando: «*Magister meum, venit! Jam venit!*»... Pero la parla córvica es conocida. Lo es menos la de los salmones. Si San Corentín de Quimper hablaba con su salmón en bretón bretonante —que simplemente por su sonoro nombre, era el idioma (me lo confesó más de una vez), que a don Pedro Mourlane Michelena le hubiese gustado hablar—, un salmón del Rin habló en lengua latina. Había habido un crimen y no se daba con el autor. Fuera la cosa a orillas del gran río. La familia del muerto pidió que el río y sus peces, y los árboles de la ribera fueran interrogados en forma. El juez y su secretario estaban en lancha, en el centro del río, interrogando, cuando asomó la cabeza un salmón a estribor, silbó para llamar la atención del juez, que lo era del príncipe arzobispo de Colonia, y en voz alta y casi humana —poder de la claridad idiomática del Lacio—, declaró:

—*Claudius rubeus fuit!* Fue uno, cojo y rubio!

Y, como había por allí uno cojo y rubio, lo ahorcaron...

Ya veremos qué resulta de todas estas investigaciones sobre el lenguaje de los delfines. ¿Llegaremos a una cooperación hombre-delfín, como en los días de Arión de Metimna? ¿Se celebrará un día una conferencia «en la cumbre», como ahora se dice, entre el presidente de los delfines y el de los Estados Unidos? ¿Escucharemos alguna vez a un sensato delfín en la O.N.U.?

Del percebe

Este crustáceo se ha transformado en el marisco más escaso y caro, y pocas veces viene a la mesa con la calidad y el tamaño que apetece al gourmet. El tamaño perfecto es el del dedo pulgar de la mano derecha del carpintero, quien lo tiene estirado, medidor de cuartas. Su nombre científico es más bien disparatado: *Pollicipes cornucopia,* de *pollex,* pulgar, y *pes,* pie. Y *cornucopia,* cuerno de la abundancia, por sus valvas.

Es el habitante de las rocas más osadas del litoral Cantábrico, del mar de los ártabros, del Finisterre, del borde Atlántico de las islas de Sálvora, Ons y las Cíes. Engordan, aguantando el golpe del mar. Están, como viquingos de negro vestidos, en una asamblea de cascos, que era una manera de las cien que tenían los escaldos para decir una batalla. Golpe de mar tras golpe de mar, engordan.

Tras los temporales invernales es cuando están en sazón. «*O salmón e o percebe, en abril*», dice el refranero gallego. Y es cierto que los grandes percebes son los que se comen por Pascua florida. No hay más receta que la de cocerlos. Se echan en agua hirviendo con un puñado de sal y una hoja de laurel, y cuando el agua comienza a hervir de nuevo, se espera un par de minutos. Inmediatamente es escurren y se envuelven en un paño. Así estarán en óptimas condiciones de dar su carne al goloso, que mete la uña de su dedo pulgar en la piel del percebe junto a la valva de éste, a la que hace girar: sale la carne purpúrea y sabrosa. Nuestros marineros tienen una rebanada de pan de maíz a mano, y yo los imito. Generalmente, los percebes que le ofrecen a uno son pequeños, y apenas lleva a la boca algo más que una lombricilla, que aun en su pequeñez es muy sabrosa.

Pero, de vez en cuando, en una tabla amiga —en casa de médico, por ejemplo—, uno saluda unos percebes cabales, del tamaño del pulgar que decimos, bien ceñidos por su piel, que parece que le han hecho la ropa estrecha. Vienen de Bergantiños o de Finisterre, de Corrubedo o de Salvora, o de las rocas benedictinas de Oia. Y esos percebes justifican la larga espera, la golosa esperanza. Son como restos de la población extraña de un océano más antiguo. Los ingleses no los comían —tampoco comían la lamprea—, y hasta Shakespeare y Donne llegó la noticia de que de su uña nacían unos gansos, el *Banrta leucopsis,* la Barnacla cariblanca, que los británicos llaman *Barnacle goose.* Para Donne, el gran poeta erótico, el canto de una bandada de barnaclas que llega al paseante a la caída de la tarde, que es la hora en que estos gansos salen a comer, es «como una jauría de perros falderos, ladrando con su gnuc, gnuc, gnuc, repetido».

La captura del percebe en las rocas oceánicas de Galicia, cuesta todos los años alguna vida humana. Hay que acudir a las rocas extremas, y allí una gran ola súbita puede llevarse a un hombre, o a una mujer que las hay valerosas, que bajan a las rocas con la ferrada en la mano con la que desprenden la piña de percebes.

De vez en cuando, se habla de la cría artificial del percebe, pero nunca hay noticias concretas. Conviene añadir que los buenos comedores de percebes abren su concha, de dos valvas iguales, y comen esa especie de araña que allí dentro se esconde. En fin, parece ser que una dieta abundante en percebes favorece la fecundidad de las mujeres, al menos de las madres gallegas del litoral atlántico.

Hijos del mar de Ossian y de Pondal, su carne tiene el sabor profundo del océano. Como las ostras saludan el estómago del goloso y lo ponen en forma para ulteriores condumios. A los percebes les van bien los ligeros blancos nuestros. Los percebes han de estar tibios y el vino fresco. Yo, de mozo, he asistido a alguna percebada en una rectoral de las Mariñas de Lugo. Los perceben eran, salvo la colineta de postre, plato único. Venían a la mesa humeando en las fuentes de Sargadelos y los iban cociendo según los comíamos. Era abril, y por la abierta ventana veíamos el huerto, en el que florecían los manzanos y cantaba el mirlo. Literalmente podíamos decir que comíamos el ronco mar, que rompía en oscuras rocas a quinientos metros. Donde terminaba el vuelo del mirlo empezaba el vuelo de la gaviota. ¡Tiempos felices! Ya no hay en toda la costa gallega percebes para tanto. Percebes gruesos del tamaño de un pulgar de carpintero. Han resistido el golpe de la ola invernal y saludado por breves instantes el sol primaveral.

De que los peces oyen

Haciendo el otro día vacación por las orillas del río Ares —el río que muele el molino que fue de los abuelos del poeta José Díaz Jácome y donde éste nació—, me encontré con un pescador amigo, de los que aquí dicen *miñoqueiros,* el cual se vino hacia mí armado de una ardua pregunta.

—*Vosté que leéu tantas cousas, ¿sabe si os peixes oien ou non?*

Como llovía, nos protegimos bajo un castaño, y yo le dije lo que sabía acerca de tan grave asunto, comenzando por citarle la sentencia de Plinio que dice «*pisces audire palam est*» (que los peces oyen es evidente). Y le conté lo que cuenta Linneo de las truchas y el trueno; estaba Linneo viendo cómo unas truchas vagaban tranquilas en un remanso, cuando estalló la fúlgura y vino el trueno unos segundos después. La luz del relámpago no asustó a las truchas, pero el trueno las hizo huir a refugiarse bajo las piedras.

—*Pois o asubío nóno oien.*

Y me contó que él experimenta, y silba mientras lanza, y la trucha no se da por enterada del silbido, y viene y pica. Le dije que quizá la trucha tenga un oído especializado, como el de la mariposa nocturna, que no oye más que el grito que sopla el murciélago. Y así la trucha puede no oír el silbido de un pescador y oír el trueno. El oído humano también tiene sus límites. En la hagiografía medieval puede leerse de santos que hablaban a los peces, especialmente en Bretaña de Francia, y en Irlanda, y, si les hablaban, es que los peces oían. Puede suceder que el oído de los peces solamente se abra, cuando de lenguajes humanos se trata, a las lenguas célticas cuando son habladas por santos. Y hace poco que los periódicos y revistas trajeron una fotografía de una perca asomando el hocico fuera del agua para comer de manos del dueño del estanque en que habita, quien avisa a su pez por medio de trompeta. Y en Heine, en *Los espíritus elementales,* se cuenta de un pez que meneaba la cola cuando oía nombrar a los príncipes cristianos, y se le veían lágrimas en los ojos cuando oía nombrar a los príncipes paganos. En Lubeca u otra ciudad hanseática creo que aconteció esto.

—*¿Sabe vosté algunha palabra en celta?*

Le digo que *piasta* es serpiente, *visgebeatna* aguardiente, *gillaroo* trucha, *don* negro y *fion* hermoso, y que eso es todo lo que yo sé, más o menos. Se las puse por escrito, las palabras gaélicas, y quedó en que cualquier mañana se las vocearía a las truchas, a ver qué pasaba. Estoy esperando noticias.

Desde que leí el *Manual de zoología fantástica* de Jorge Luis Borges —libro que recomiendo, y que es de gran utilidad, incluso para los políticos y sociólogos y también para los moralistas—, vengo añadiendo en el ejemplar que poseo animales fantásticos que Borges no cita y ampliando noticias de otros de los que el argentino describe. Borges cita el pez «Cien cabezas», que viene en una biografía china de Buda. Buda encontró a unos pescadores tirando de una red. Con mucho esfuerzo sacaron a la orilla un enorme pez de cien cabezas, unas de perro, otras de cerdo, otras de mono, otras de caballo, otras de tigre, etc. Buda le preguntó al pez:

—¿Eres Kapila?

—Soy Kapila —respondieron las cien cabezas a un tiempo. Y el pez murió.

Buda explicó a los discípulos y a los pescadores que, en una encarnación anterior, Kapila era un *brahman* que se había hecho monje y a todos había superado en la inteligencia de los textos sagrados. A veces sus compañeros se equivocaban en la lectura o en la interpretación, y entonces Kapila, soberbio, les llamaba cabeza de mono, cabeza de perro, cabeza de caballo, etc. Cuando murió, el *karma* de esos insultos acumulados le hizo renacer monstruo acuático, agobiado por todas las cabezas no humanas que había dado a sus compañeros. Este raro pez oyó a Buda, pero era tan extraño que nada prueba acerca de si los peces oyen o no.

Un pez del que se sabe que oye, es la rémora. Si cae una moneda de oro al agua, la rémora oye el ruido que hace al dar fondo, se acerca a la moneda, se acuesta sobre ella y la trae a la superficie pegada a su cuerpo. Esto de traer oro viene en Plinio, 9-41.

Me gustaría saber si las truchas oyen o no, y si oyen palabras gaélicas solamente. Un salmón habló una vez en latín, en el Rin. Lo cuentan los Grimm. Respondió el salmón a un juez episcopal de Tréverie que interrogaba a la orilla del río si alguien había visto asesinar a una mujer.

—*Claudius rubeus fuit!* —acusó asomando la cabeza fuera de las ondas.

Y, efectivamente, había un cojo rubio y fuera el

asesino. Y, si el salmón hablaba latín, a alguien se lo habría oído, que no vamos a creer sin más que el idioma natural de los salmones sea la latina lengua...

Por las orillas del Ares, por la Fabega —que es una de las más hermosas riberas fluviales que haya en el mundo—, andará mi pescador empírico gritando «*¡piasta!*», «*¡fion!*», a las truchas. Quizá contesten, si saben gaélico, con un verso de Ossián a la dulce primavera.

Epístola de Santiago Apóstol a los salmones del Ulla

Y aconteció que, subiendo la Barca Apostólica por las claras aguas del río Ulla, y siendo por el tiempo alegre de abril, se juntaron a babor y a estribor y a popa multitud de salmones, todos los que estaban remontando el río, como suelen, para el desove; y, como es verdad, según dijo el hagiógrafo griego, que «los huesos de los santos, de los mártires y de las vírgenes están vivos en sus venerados sepulcros, como si no los hubiese tocado el ala de la muerte corporal», y conservan milagrosamente el oído y la voz, aconteció que Jacobo muerto escuchaba a los salmones que unos a otros se preguntaban por aquella barca de luz que subía con ellos, y mucho más plateada, y que daba un perfume que se posaba en las aguas y llegaba a ellos, dulce y misteriosa canela. Se dijo Jacobo que no podía perder aquella ocasión para predicar la Buena Nueva a aquella población fluvial, hizo que de sus huesos brotase su imagen, tal como en vivo fue, y puesta esta figura suya de pie en el banco de la barca, apoyándose en el palo, y haciendo uso del don de lenguas, dijo:

«Hermanos: a la curiosidad vuestra por saber qué barca es ésta, a quién conduce y de dónde viene el insólito perfume que os sorprende, corresponde la mía por saber de vuestra nación, y si sois gentiles o ya habéis escuchado el nombre de Jesús. Yo os digo que prediqué que Jesús es el Hijo de Dios vivo, y, por predicarlo, en lejana tierra de la que nunca habréis oído hablar, porque allá no hay río que vaya al mar, fui degollado por gente incrédula y cruel. Ahora escucho vuestra respuesta y entiendo que sois salmones. de raza atlántica y gallega. Vosotros habláis en vuestra lengua de incierto origen, y yo os escucho en arameo, por favor y don del Espíritu Santo, y por el mismo favor y don, yo os hablo en arameo y vosotros me escucháis en vuestra parla natal. En verdad os digo que Jesús, Hijo de Dios, nació de María Virgen y fue crucificado, dando su vida por que nuestras almas fuesen sanas, salvas y perdonadas. Las vuestras, como la mía misma, y de nuestros propios pecados, que lo mismo peca un varón que un salmón, porque todos los pecados se reducen a uno: no amar a Dios sobre todas las cosas y no amar al prójimo como a uno mismo.»

El sol se había desplegado sobre la mañana. La barca se había detenido próxima a la ribera, donde crecían álamos y chopos, que ya regalaban el aire con la caricia de las hojillas recién nacidas. Los salmones rodeaban la barca, y saltaban unos sobre otros para mejor ver al Apóstol.

«Me llamo Jacobo, hijo de Zebedeo, y llego hasta aquí tras larga navegación, para ser enterrado en la tierra en la que se abren camino los ríos vuestros nativos. Por lo que me decís ahora mismo, aprendo que sois comestibles, y que es aquí en vuestro río que yo veo tan dulce, donde con frecuencia halláis la muerte. En verdad, sólo puedo enseñaros a despreciar vuestro cuerpo, haciendo que os fijéis muy especialmente en la caridad de vuestro espíritu. Quizás ahí esté la almendra de la cuestión. Tan limpia y generosa alma tenéis, que vuestro cuerpo, la carne, se beneficia de ella, y así es impar entre todas las de los demás peces, según decís. Pues os enurgullecéis de vuestra carne, lo que no deja de tocar los límites del pecado de soberbia, padecéis por ella, y así sois devorados, con lo que pagáis la penitencia. Por otra parte, no dejéis de pensar que hacéis felices a los que os devoran, pues sois alimento especialísimo, no cotidiano, sabroso, según os estoy escuchando. Por lo tanto, alegraos de la vida libre vuestra, nacidos en el río, criados en él para salir al mar de las grandes vacaciones, y luego, como Ulises —y permitidme que cite a un pagano simplemente como muestra de un alma nostálgica— regresáis al país natal, adultos poderosos, en la hora en que sois llamados por naturaleza para continuar las generaciones. ¡Que los nietos de los nietos de vuestros nietos, setenta veces setenta y más, distingan de todo otro vuestro río nativo, como los hijos distinguen a las madres!»

La voz de Jacobo se hacía consoladora, y los salmones no perdían sílaba de la grave enseñanza.

«No os rebeléis, pues, contra vuestro destino, y servid de alimento en los días magros, en los días en que las carnes son quitadas, en los días de abstinencia carnal, a los cristianos terrícolas. Por lo generosos que sois, por la perfecta armonía de vuestra carne y vuestra grasa, haréis a los que os devoran generosos, y les daréis fortaleza para cumplir con los trabajos honestos, y también para mejor resistir al enemigo. Y pues no quiero que, con motivo de mi llegada, haya entre vosotros más víctimas que las de costumbre, dispersaos y seguid vuestro camino, y que yo vuelva a mi soledad. Y, si sabéis alguna vez que viene a mi tumba, en Compostela, un peregrino fatigado y con el apetito que da el largo camino, no vaciléis en sacrificaros, y no os importe que os cuezan, os pongan en parrilla, os trufen o empapilloten, o enteros vayáis a un solemne pastelón envueltos en esa masa inventada en Alejandría y que llamamos hojaldre. Y ahora recibid mi bendición, en el nombre del Señor de la Vida.»

Y los salmones recibieron la bendición y se fueron por el río a sabor, meditando lo escuchado, y dispuestos a vender cara su vida en el río, pero como juego, y dando por aceptada la derrota y el subsiguiente pase a fogones. Que cada quisque tiene su morir. Y el texto de la *Epístola de Santiago el Mayor a los salmones* es verdaderamente consolador para el cristiano que se dispone a almorzar salmón.

Últimos Fábula

182. Más que discutible
Observaciones dispersas sobre el arte como disciplina útil
Oscar Tusquets

183. Teoría de los sentimientos
Carlos Castilla del Pino

184. El testamento francés
Andreï Makine

185. El tren
Georges Simenon

186. El arrancacorazones
Boris Vian

187. Última conversación
Eduardo Mendicutti

188. Celestino antes del alba
Reinaldo Arenas

189. Un maestro en el erial
Ortega y Gasset y la cultura del franquismo
Gregorio Morán

190. Oscuro como la tumba en la que yace mi amigo
Malcolm Lowry

191. Ese maldito yo
E.M. Cioran

192. La sonrisa de Maquiavelo
Maurizio Viroli

193. Emmanuelle
Emmanuelle Arsan

194. Atando cabos
E. Annie Proulx

195. Nerópolis
Hubert Monteilhet

196. El pasajero en Galicia
Álvaro Cunqueiro

197. Tratándose de ustedes
Felipe Benítez Reyes

198. La invención y la trama
Obras escogidas
Adolfo Bioy Casares

199. Interiores
Woody Allen

200. El mito trágico
de «El Ángelus» de Millet
Salvador Dalí

201. La Escuela Moderna
Francisco Ferrer y Guardia

202. La Mafia se sienta a la mesa
Historias y recetas
de la «Honorable Sociedad»
Jacques Kermoal y Martine Bartolomei

203. Los Bioy
Jovita Iglesias y Silvia Renée Arias

204. Cándido o Un sueño siciliano
Leonardo Sciascia

205. Ideas sobre
la complejidad del mundo
Jorge Wagensberg

206. Yo no tengo la culpa
de haber nacido tan sexy
Eduardo Mendicutti

207. Vineland
Thomas Pynchon

208. Pretérito imperfecto
Carlos Castilla del Pino

209. Un maestro de Alemania
Martin Heidegger y su tiempo
Rüdiger Safranski

210. El regreso de Conejo
John Updike

211. El laberinto de las sirenas
Pío Baroja

212. La ignorancia
Milan Kundera

213. El caballero y la muerte
Leonardo Sciascia

214. Escúchanos, Señor,
desde el cielo, tu morada
Malcolm Lowry